Patrick Modiano

Voyage de noces

蜜月旅行

〔法〕帕特里克·莫迪亚诺 著　唐 珍 译

人民文学出版社
PEOPLE'S LITERATURE PUBLISHING HOUSE

著作权合同登记号　图字 01-2015-8708

图书在版编目(CIP)数据

蜜月旅行/(法)莫迪亚诺著;唐珍译.
—北京:人民文学出版社,2016
ISBN 978-7-02-011323-1

Ⅰ.①蜜… Ⅱ.①莫… ②唐… Ⅲ.①中篇小说-法国-现代 Ⅳ.①I565.45

中国版本图书馆 CIP 数据核字(2016)第 320831 号

责任编辑　黄凌霞　彭　伦　何家炜
装帧设计　汪佳诗

出版发行　人民文学出版社
社　　址　北京市朝内大街 166 号
邮政编码　100705
网　　址　http://www.rw-cn.com

印　　制　上海利丰雅高印刷有限公司
经　　销　全国新华书店等

字　　数　70 千字
开　　本　889 毫米×1194 毫米　1/32
印　　张　5
版　　次　2016 年 9 月北京第 1 版
印　　次　2016 年 9 月第 1 次印刷

书　　号　978-7-02-011323-1
定　　价　32.00 元

献给罗贝尔·伽利玛

夏日还会再来，但是炎热再也不会如此沉闷，街道也不像星期二那天在米兰那么空旷。那是八月十五日的第二天。我把行李放到寄存处走出车站的时候，犹豫了一下：不该在阳光的直射下在城市里行走。现在是傍晚五点钟。去巴黎的火车要等四个小时。必须找个阴凉地，脚步把我带到了几百米以外的一条大街，它沿火车站通向一家饭店，我看准了那个高大门面的方位。

金色大理石走廊让你避开了阳光，在清凉和半明半暗的酒吧里，你进入了井底。今天，那酒吧让我联想到一口井，那家饭店呢，让我想到一座大碉堡。然而那一刻，我高兴的是，借助一根麦秆，喝到了石榴和橙子的混合饮料。我听到一位侍者在说话，他的长相已经从我的记忆中抹去。他在和另一位顾客说话，我完全不可能描述出那位顾客的外表和服装了。他只有一件事保留在我的记忆里，就是他强调对话的方式是用一个“嘛”字，那个字回荡着丧家犬般的哀鸣。

两天前，八月十五日前夕，一个女人在饭店的一个房间里自杀了。侍者解释说，人们叫来了救护车，然而无济于事。下午的时候他还见过那个女人。她来过酒吧。一个人。女人自杀后，警察询问了他，那位侍者。他无法向他们提供很多细节。只说是一个棕色头发的女人。饭店经理感觉稍稍松了一口气，因为幸亏是在一年的这个时候，顾客不多，事情就这么不易觉察地过去了。今晨，在《信使报》上登出一篇加边框的小文。是个法国女人。她八月份来米兰干嘛？他们朝我转过身子，似乎在等待我给他们答案。然后侍者用法语对我说：

“八月份不该到这里来。在米兰，八月份都关门了。”

另一位顾客用他这个丧气的“嘛”字表示赞同。他们每个人都用严厉谴责的目光审视我，让我深深感觉自己干了傻事，甚至比犯傻还严重，犯了不小的错误，在八月的米兰，一败涂地。

“您可以观察一下，”侍者对我说，“今天米兰没有一家店营业。”

我坐进一辆停在饭店前的黄色出租车。司机发现我这个旅游者迟疑不定的样子，建议把我拉到大教堂广场去。

大街上空空荡荡，所有店家都大门紧闭。我在琢磨，他们刚刚提到的那个女人是不是在回饭店自杀以前，也乘坐过一辆黄色出租车穿越米兰。我不认为在这时候考虑这座荒凉城市的景象会导致她作出决定。相反，倘若让我找出一个词语说明那个八月十六日的米兰给我的印象，我头脑里马上闪现出的是“开放的城市”这个词。这座城市在我看来，适合小憩，我肯定，活力和声音都会恢复的。

在大教堂广场上，一些戴鸭舌帽的游客在教堂底下闲散踱步。在维克多-爱玛努埃尔画廊进口，一家大规模书店灯火通明。我是唯一的顾客，在灯光下翻阅图书。八月十五日之前她是否来过这家书店呢？我很想向书店尽头、站在艺术类著作柜台的办公桌后面的一个男人打听一下。可是除了她有棕色头发，是个法国人之外，我对她几乎一无所知。

我沿着维克多-爱玛努埃尔画廊前行。在米兰，一切有生机的事物都隐蔽在那里，躲避灼伤人的阳光：孩子们围在卖冰淇淋的小贩身边，有日本人和德国人，还有第一次来游览这座城市的意大利南方人。在间隔的这三天时间里，我们都可能遇到过这位妇人，而我在画廊里，因为我们都是法国人，说不定还交谈过呢。

乘去巴黎的火车之前还要度过两个小时。我又坐上一辆排队等在大教堂广场上的黄色出租车，向司机说明了饭店的名称。夜色降临。今天，这座陌生城市的大街、花园、有轨电车，还有让你更想与世隔绝的炎热，所有这些在我看来，都与这位女子的自杀十分吻合。可是在出租车里的那一刻，我心想，这是不幸的偶然之果。

只有侍者一个人在。他又给我递上了一杯石榴和橙子的混合饮料。

“哦，您看到了吧……米兰的店家都关了……”

我问他刚才提到的，怀着敬意和夸张的语气说起“结束生命”的那个女人，是不是在饭店住了很长时间。

“不，不……在她结束生命的前三天吧 ……”

“她从哪儿来的？”

“从巴黎。她要去南方和度假的朋友们会合。在卡普里岛……是警察这么说的……有人明天要从卡普里岛来，解决所有麻烦。”

解决所有麻烦。卡普里岛在这些悲哀的词汇和蔚蓝色、海边的岩洞、轻柔的夏季之间，能令人联想到什么共同点吗？

“一个很美的女人……她就坐那儿……”

他给我指了指那张最里面的桌子。

“我给她的和给您的饮料一样……”

去巴黎的火车到点了。外面已经漆黑，可是炎热依旧和整个下午那样令人窒息。我穿过大街，目光停留在火车站建筑的正门面上。在宽敞的寄存大厅，搜遍了所有口袋，寻找那张能让我的行李归还我的寄存凭单。

我买了一份《信使报》，想读一读那篇为这个女人写的“加框小文”。她可能从巴黎过来就曾经抵达我现在所在的站台上，而我在相隔五天后，走的却是与她相反的路线……当朋友们在卡普里岛等你的时候，来这里自杀的念头多么古怪……也许她对这个举动曾经有过一个我永远不可能知道的动机。

上个星期我又回到米兰，但是没有离开机场。这次和十八年前不一样了。是的，十八年，我扳着指头算了算。这次我没有乘黄色出租车去大教堂广场，到维克多-爱玛努埃尔画廊下面。天在下雨，是六月份的闷雨。大约等一个小时之后，我会登上带我回巴黎的飞机。

我是过境，坐在米兰机场的玻璃窗大厅里。我想起十八年前的那一天，从那段时间以后，还是第一次，让那位“结束生命”的妇人——像那位侍者所说——真正开始占据了我的思想。

到米兰去的来回机票是我出发前偶然在汝福瓦街的一家旅行社买到的。在家的时候，因为我妻子阿奈特的原因，我把机票藏在了一个行李的底部。米兰，是我偶然在另外三座城市维也纳、雅典和里斯本以外选的。目的地并不重要。唯一的问题是，这架飞机和我本该乘坐到里约热内卢的飞机同时起飞。

他们送我到机场：阿奈特、威才尔和卡瓦诺。我经常发现他们在我们远行的时候，佯装快乐。我呢，从不喜欢出去，那天呢，比往常还不想动。我真想对他们说，我们已经过了干这一行的年龄，用一个过时的名称，须称之为“探险家”的行当。我们还有很长时间到普莱耶尔或者外省愈来愈稀少的电影厅去放新闻纪录片吗？我们小时候很愿意追随长者的榜样，但是对我们来说已经太迟了。已经没有待开垦的处女地了。

“一到里约就给我们打电话啊……”威才尔说。

这是一趟常规远行：我要拍摄的是一部新纪录片，在拍其他许多片子以后将取名为《探寻少校法赛特的足迹》，好借口在马托·格罗索边缘拍摄几个村子。这一次，我决定其他人不要在巴西见到我，可是我没敢向阿奈特和其他人承认。他们不可能懂的。再说阿奈特正等着我出发好和卡瓦诺单独相处呢。

“拥抱巴西的朋友们。”卡瓦诺说。

他暗示的是已经出发在大洋另一端住进里约热内卢苏扎饭店等待我的技术团队。那好，他们得久等了……四十八小时以后，模糊的不安会开始让他们喘不过气来。他们会往巴黎打电话。阿奈特会拿起话机，卡瓦诺会拿起听筒。消失了，对，我消失了。像法赛特少校一样。

但是有点区别：我出发远行一开始就消失了，还会有更让他们担心的，因为他们会发现，在到里约的飞机里，我的座位是空的。

我对他们说过我更希望他们不要送我登机。我之前回到他们那个小团队时总在想，我这辈子再也不要见到他们。威才尔和卡瓦诺步履矫健，因为我们的职业虽然不真正同一，却有同一种追随童年梦幻的方式。我们还能长时间保留老小孩的样子吗？他们挥动臂膀，表示告别。阿奈特曾经令我激动。她和我肯定是同龄人，我二十岁的时候，她成为一群有些枯萎但仍旧吸引我的丹麦女孩当中的一个。当时她比我年纪大，我则喜欢她们能庇护人的温情。

我等着他们离开大厅，好让我直奔飞往米兰的飞机的登机口。我可能马上就会偷偷从米兰返回巴黎。但是我感觉首先有必要在他们和我之间保持距离。

*

在这个过境大厅里，有那么一刻我真想走出机场，穿过米兰的街道，沿着以往的路线前行。然而这无济于事。她来这里是偶然死亡。应该在巴黎发现她的足迹。

在回去的路上，我让自己获得了满足感，那是我二十五岁时第一次到太平洋岛屿以来所未感受到的。那一次以后，还有很多次其他旅行。比如斯坦利港，布拉柴维尔的萨沃尼昂和阿兰·热尔伯，我是否在那里读到了幼年时期的探险经历？尤其是逃跑的需要。我从未在自身有过这样强烈的感受。就是在这架把我带回巴黎的飞机上，我感觉，要是我登上本该前往里约的飞机，还会往更远的地方逃窜。

*

我在巴黎周边认识多家酒店，可是我决定定期调换。我第一家订房间的酒店是多雷门的多狄斯酒店。在那儿我不必担心和阿奈特相遇。我走以后，卡瓦诺可能把她拉到了杜凯纳大街的公寓。她可能并不会立即知道我的失踪，因为没有人——包括威才尔——知道她是卡瓦诺的情人，本该响起的电话铃，在维隆城区我们家，是没用的。然后在几天的蜜月以后，她最终会突然回到维隆区，会有一份电报——我猜想——在等她："里约团队极度不安。让不在十八日的飞机上。火速致电苏扎酒店。"卡瓦诺会来维隆区找她，分担她的焦虑不安。

我一点儿都感受不到焦虑人群的心情。但是有轻微的，十分轻微的感觉。我拒绝让所有这些事都涂上戏剧色彩：我现在已经太老了。当我没有零花钱以后，我会试着和阿奈特达成一致。给维隆区打电话不大谨慎，因为有卡瓦诺在。然而我会找到一个与阿奈特秘密确定约会的办法。我确定她会保持沉默。今后，她要让那些还想跑出去找我的人泄气。她相当擅长涂抹痕迹，抹擦得如此干净，就像我从未在这个世上待过一样。

*

今天多雷门这儿的天气不错。但是炎热不像十八年前在米兰的那一整天当中那般沉闷，也没有米兰的街道那么荒凉。在苏尔特大道和喷泉广场的那一边，一堆堆的游客熙熙攘攘挤在动物园门口，另外一些人登上老殖民地博物馆的台阶。我们，孩子们，卡瓦诺，威才尔和我参观过的这座博物馆，还有这座动物园，都在我们的生活当中起着作用。我们在那里梦想过遥远的国度，有去无返的远行。

我现在又回到了出发的原点。我刚刚又买了一张参观动物园的门票。从现在到以后几个星期，肯定会在某一张报纸上有一篇小文宣布让·B的消失。阿奈特将遵循我的指示让他们相信我在最后一次到巴西旅行的过程中，销声匿迹在大自然当中。时光流逝，我想象自己就排在失踪探险者名单上的法赛特和莫福莱之后。没有人会猜出我在巴黎的门户搁浅，而且那里就是我旅行的目的地。

他们在有关新近死亡者的文章里想象，可以重新追忆生命的进程。但是他们却一无所知。十八年前，我躺在火车的卧铺上阅读了《信使报》。我心头一震：文章涉及的那名女性，照侍者的说法——结束了自己的生命——我认识她。火车在米兰车站停了很久，我如此震惊简直不知道自己是否该离开车厢返回酒店，就像我还有机会见到她似的。

在《信使报》上，他们弄错了她的年龄。她四十五岁。他们用姑娘的姓称呼她，尽管她一直和里果维系着婚姻关系，然而这件事，除了里果，我和具备公民身份的在职人员，谁知道呢？是否真能指责他们的这个错误？是否更为正确的做法应该是无论如何，都让她拥有她一生中前二十年做姑娘的那个姓呢？

酒店侍者曾说，会有人来“解决所有麻烦”。是那个里果吗？火车在晃动的时候，我想象中出现的里果，由于时过境迁，再也不是六年前的样子。他可能认出我吗？自从英格丽特和他与我在路上擦肩过后六年以来，我都没有再见到过他。

至于她，英格丽特，我在巴黎见到过一次。但是没有里果。

车窗外面沉寂的郊区在月光下慢慢掠过。车厢里只有我一个人。我只在夜间女值班员出现在我的卧铺上方时才打开灯。我只要提早三天抵达米兰，就可以在酒店大堂与英格丽特碰面。那天下午当出租车把我拉到多姆广场时我想的是同一回事，但是我当时还不知道是她。

我们会说些什么呢？如果她装作不认识我呢？装作？然而她应该已经感受到离一切都如此疏远，甚至没有留意到我。或许，她在和我永远离别之前，会严格地从礼貌上和我交流几句话。

*

人们不能攀登动物园里被称作岩羚羊巨石的内部石阶了。它有坍塌的危险，被包裹在一个网里面。有些地方的水泥结构起了裂缝，暴露出骨架生锈的铁丝。可是我很高兴看到了长颈鹿和大象。今天是星期六。很多游客都在拍照。还有一些没出发度假的家庭，或者不出去的家庭走进凡塞纳动物园，就像走进夏季度假休养地一样。

现在我坐在面临多美尼尔湖的一条长凳上。一会儿我就要回到旁边的多狄斯酒店，它位于沿老殖民地博物馆一侧的房屋中间。从我房间的窗口望去，会看到广场和嬉戏喷涌的泉水。我是否可以想象，在遇到英格丽特和里果的那个时候，我可能会在遥远国度二十多年的旅行之后，搁浅在这里——多雷门呢？

那年夏天从米兰回来的时候，我本想对英格丽特的自杀多知道一些情况。我在巴黎第一次也是最后一次遇见她一个人的时候她给我的电话号码没有回应。不管怎样，她告诉我已经不和里果一起生活了。我找到了六年前，他们陪我到圣-拉法埃尔火车站的时候，里果匆匆写下来的另一个号码：克雷拜尔 83-85 号。

一个女人的声音告诉我“很长时间没见到里果先生了”。我是不是能给他写信呢？“如果您愿意，先生。我什么都不能向您保证。”于是，我问了她克雷拜尔 83-85 号这个地址。这是位于斯彭迪尼街带家具公寓的一栋房子。给他写信吗？但是吊唁的语句在我看来既不适合英格丽特，也不适合他，里果。

我开始旅行。对他们的记忆模糊起来。我只是做些能碰到他们——她和里果的事。我们的关系处于表面。在英格丽特自杀三年后的一个仲夏夜，在巴黎，我一个人过境，更准确地说：我从大洋洲返回，应该在几天后去里约热内卢，我重新感到需要给克雷拜尔 83-85 号打个电话。我记得，我走进了里沃利街的一家大酒店，专门是为了打电话的。把电话号码递给话务员以前，我跨越大厅走了百十来步，准备我跟里果要说的话。我担心怯场而说不出话。但是，这一次，没有人应答。

一年又一年过去了，我旅行，在普莱耶尔或其他地方放映纪录片，英格丽特和里果没有特别占据我的头脑了。我尝试最后一次给里果打电话那个晚上是像今天一样的夏日的晚上：同样的炎热，有一种孤独怪异的感觉，但是与我现在的感受相比，要淡漠多了……没有什么能比旅行者在两架飞机之间感受死亡时间的印象更为深刻的了。卡瓦诺和威才尔应该在几天后与我碰头，三个人一起去里约。生活还是因为行动和美好的计划而有声有色。

*

刚才回酒店之前，我惊奇地发现老殖民地博物馆的门面和广场的喷泉灯火通明。两辆旅游大巴停在苏尔特大道的起点。快到七月十四日了，晚上的动物园还在开放？这个街区有什么东西能在晚上九点钟还那么吸引游客？

我不知道阿奈特下周是否会接待我们的朋友，就像我们每年七月十四日在维隆区我们宽大的阳台上接待朋友那样。我基本可以肯定：她需要身边有人，因为我不在。卡瓦诺肯定会鼓励她不要放弃这个习惯。

我沿着苏尔特大道行走。房屋勾勒出逆光下的轮廓。有时在某个房屋的正面，还留有一大片阳光的痕迹。在人行道上我也不时发现了片片阳光。阴暗和落日，炎热和空旷的大道形成对比……卡萨布兰卡。是的，我正沿着卡萨布兰卡的一条林荫大道漫步。夜色降临。从打开的窗口传来电视机的嘈杂声。我重新回到了巴黎。我走进一个电话亭，翻阅电话簿，寻找里果这个姓。通栏都是姓里果连带名字的人。可是我已经记不住他的名字了。

然而我肯定里果还活着，住在周边的一个街区。有多少人们以为死了或者失踪的男男女女住在标志着巴黎周边的一堆堆房子里……我已经在多雷门，根据他们的面部表情反映出的过去经历，选定了两三个目标人物。他们可能会和你说很多，但是会坚持保持沉默，这让他们完全区别于将他们遗忘的人们。

*

在多狄斯酒店我的房间里，我在思考，所有的夏季都是雷同的。六月下雨，伏天，七月十四日的晚上阿奈特和我在维隆区的大阳台上接待我们的朋友……可是我碰到英格丽特和里果的那个夏天真是完全不同。空气中竟然还有一丝清凉。

从我生活的什么时候开始，与直到那一刻我才认识到的不同的夏天突然消失了？这太难确定了。没有明确界限。英格丽特在米兰自杀的那个夏天吗？好像和其他夏天一样。我今天回忆阳光下空阔的街道和黄色出租车的闷热，才感觉在巴黎七月份的今天同样不爽。

已经有很长时间了——这次的方式比往常更为激烈——夏季成为引起我空虚和自身不存在的感觉的季节，这样的季节把我带回了过去。是特别强烈的光线，街道的寂静，那个晚上留在苏尔特大道房屋正面形成落差的阴暗和落日造成的吗？由于超感觉的氛围存在，过去和现在我的头脑里形成一团乱麻。不爽可能就来自那里。这种不悦，不仅在今天孤独时有所感觉，而且在我们每个七月十四日在维隆区阳台的节日里。我总是听到威才尔或者卡瓦诺对我说："喂，让，有什么不舒服吗？你该喝一杯香槟……"或者就是阿奈特靠在我身上，用她的食指抚弄我的嘴唇，或者用她的丹麦口音在我耳根窃窃私语："你想什么呢？亚诺，说，你还是一直爱我的吧？"在我们周围，我听到阵阵笑声、低声交谈声、音乐声。

那年夏天，不存在这个不爽，也没有过去对现在奇异的超感受。我乘火车从奥地利的维也纳回来，在圣-拉法埃尔站下车。早上九点钟。我想乘大巴让它把我带到圣-特洛佩兹。我在搜寻外衣的口袋时发现，有人偷走了我身上剩余的钱：三百法郎。此刻我决定对我的未来不提问题。那天早晨天气很好，炎热和今天一样难以忍受，但是在那个时候，对我没有任何妨碍。

我守候在圣-拉法埃尔的出口处，在沿海边的路上拦顺风车。我等了大约半个小时，才有一辆黑色轿车停下来。首先让我激动的是，开车的是个女人，他呢，坐在后排座位上。她从落下的车窗探出身子，架着一副太阳镜。

"您去哪儿？"

"圣-特洛佩兹方向。"

她点点头，告诉我可以上车。

他们一句话都没说。我找到一句话开始聊天。

“你们在度假？”

“是，是的……”

她心不在焉地回答了我的问题。坐在后排长凳上的他，正在查找一张比米其林地图还要大得多的地图。我在后视镜里把他看得清清楚楚。

“马上到伊桑贝尔了……”

她看了看路边的路牌。然后她朝我转过头说：

“我们在伊桑贝尔停一下不会惹您心烦吧？”

她说这话时的语气自然，好像我们认识了很久似的。

“我们停一停，然后继续往圣-特洛佩兹去。”他微笑着对我说。

他折好地图，放在他身边的长凳上。我给他们两人估算的年龄都在三十五岁左右。她棕色头发，眼睛明亮。他剪着短发，拢到脑后，鼻梁有点儿塌，身着一件鹿皮外套。

“应该就是那儿了……那家伙在等我们呢……”

他朝她俯下身子，手扶在她的肩头。一个身着夏装的男人，手拎一个沉重的黑色公文包，在别墅的围栏前走了百十来步。她把车子停在人行道离围栏几米远的地方。

“我们要耽搁一会儿，”她对我说，“您能不能在车里等等我们？”

他先下车，过来给她打开车门。她出来后，他关上车门。然后从拉下的车窗玻璃探进头。

“您如果等烦了，可以吸烟……放手套的箱子里有烟……”

他们两人朝拿公文包的男人走去。我注意到他的腿一拖一拖的，但是身体笔直，用手臂搂着她的肩膀，俨然一副保护者的模样。他们和拿公文包的男人相互握了握手，男人打开围栏门，让他们在他前面走了进去。

*

在手套箱里找香烟盒的时候，我弄掉了一本护照。把它归回原处时，我打开了它：我无法说出这个动作是不是机械的，或者是否只是感到好奇。这是一本名字为英格丽特·泰森，里果配偶的法国护照。让我吃惊的是，她生在奥地利的维也纳，那座我居住过几个月的城市。我点燃一根香烟，可只是第一口吸进去，我的胸口就一阵疼痛：那一夜，在火车上，从头一天午饭后我就没睡过觉也没吃过东西。

我没离开车子。我尝试着与疲劳抗争，但是渐渐地，我陷入了半睡状态。我听到一阵低语的对话，于是睁开眼睛：他们两个人都在车边，还有那个拿黑公文包的男人。他们和他握了握手，那个人大步流星，穿过了大街。

我打开车门，走出车子。

“您不想坐前面吗？”我问那男的。

“不……不……我非得坐后面，因为我的腿……我还不能完全弯曲……膝盖上有旧伤……”

他好像想让我安心。朝我微微一笑，他是不是那个写在护照上的里果呢？

“您可以上来了。”她的眉毛娇媚地一皱，对我说。

她打开了装有手套的箱子，拿起一支香烟。她有些狂野地启动了车子。他跨过长椅坐下来，一条腿在座位上伸开。

*

她的车开得很慢，而我却难以保持睁开眼睛。

“您在度假吗？”她问我。

我担心他们会问我别的更加具体的问题：您的住

址？您在学习吗？

“不真是在度假，”我说，“我不大清楚是不是要留在这里。”

“我们住潘普洛纳海滩旁边的一栋小屋，”她对我说，“可我们在找别的房子租住……您等我们的时候，我们参观了一栋别墅……很遗憾……我发现太大了……”

他在我们身后一言不发。他用一只手按摩膝盖。

“我呢，让我喜欢的是地名：伊桑贝尔……您没发觉这是个美丽的名称吗？”

她在太阳镜背后盯着我。

*

进入圣-特洛佩兹后，我们上了右手边的海滩公路。

“从那儿开始，我总是弄不清路线。”她说。

“你一直往前开。”

他低声说道，略带轻微的巴黎口音。这给了我询问他们是否在巴黎住过的念头。

“嗯，但是我们可能会最终在这里定居。”她说。

“您呢？您住在巴黎吗？”

我向他转过身子。他的那条腿始终跨在长凳上。我感觉他讥讽的目光包裹着我。

“是的，我住巴黎。”

“父母家？”

“不。”

“让他清静点儿吧，”她说，“我们不是警察。”

大海出现在比公路略显低一些的尽头。远处有一片葡萄园和松树林。

“你还是走得太远了，”他说，“该走左边了。”

她转了半圈，准确地避开了一辆从相反方向过来的车。

“您不害怕吧？”他问我，“英格丽特开车技术很糟。从今天开始以后几天，等我的腿好一些了，我会再坐到驾驶盘前面的。”

我们走上一条小路，路的开端立着一块指示牌：塔伊提-莫拉。

“您有驾照吗？”她问我。

“有的。”

“那么您可以代我驾驶。这样更谨慎一些。”

她停在一个十字路口，我正准备到驾驶盘那里替换她，她说：

“不……不……不是马上……等一会儿……”

“往左拐。”他对她说。

他给她指了指新出现的路牌：塔伊提-莫拉。

*

现在的公路再也不是一条两边长满芦苇的路。我们沿着一道围墙前行，围墙开了一扇蔚蓝色的大门。她把车子停在门前。

“我更希望从海滩回去。”他说。

我们继续沿着长满芦苇的路驶去，然后开到一块敞开的平地，这是用来做莫拉餐厅的停车场的。车子停好后，我们穿过了餐馆空荡荡的平台。抵达了海滩。

“还在远一点儿的地方，我们可以步行过去……”

她脱下草绳底帆布鞋，挽着他的手臂。他拖着腿，但是样子没有刚才那么明显了。

“海滩上还没什么人，”她对我说，“我特别喜欢这个时候。”

与海滩分开的所属地用一个带孔的围栏隔着。我们从其中一个洞钻了过去。在五十多米以外的不远处，矗立着一座四周围有凉台的印度式平房，令我联想到美国高速公路旁的普通人家。它躲藏在一片小松林的阴影下。

“那就是主别墅。”他对我说。

我透过松林，从最深处辨认出一个摩尔式样或者西班牙风格的高大建筑群体，白色，不分层次，围绕着一个镶嵌着蓝色马赛克的游泳池。有人浸泡在泳池里。

“主人就住在那里，”他对我说，“我们问他们租下的是园艺工人的房子。”

*

她走出平房，身着一件天蓝色浴袍。他和我，我们坐在一扇可以滑动的玻璃门窗前面的折叠式帆布躺椅上等她。

“您看上去很累，”他对我说，“您可以在这儿休息休息。我们呢，到海滩上去……就在前面……”

她透过太阳镜，默默地望着我。然后对我说：

“您该睡个午觉……”

她给我指了指靠平房位置的一丛松树脚下的气床垫。

*

我躺在气垫上，望着天空和松树顶。我听到从远处的游泳池传来阵阵笑声，扑通通的跳水声。在高高的松枝间，阴影和阳光在嬉戏。我让自己进入微微的麻木不仁。到现在我都还记得，那似乎是我生命中感受到舒适安逸的罕见一刻，我甚至可以称之为：**幸福**。在昏昏欲睡，偶尔被穿过松枝阴影的一缕阳光打断或者晃晃耀目的状态下，我发觉犹如我们是多年相识，他们把我带到自己的住处，完全是理所当然的。无论如何，我别无选择。我们会看到事情发展的过程。我最终进入了梦乡。

*

我听到他们在我旁边说话，可是我却睁不开眼。透过睫毛，渗进一道橘色的光线 。我感觉肩膀上有一只手在推我。

“喂，睡得好吗？”

我陡然起身。他穿着一条平纹布的裤子，黑色翻领运动衫，戴着一副太阳镜。她穿着浴袍。头发湿漉漉的。她可能刚洗完澡。

“快三点了，”他说，“您和我们一起用餐吗？”

“我不想打扰你们。”

“不打扰。”

她微笑看着我，眼睛是淡蓝或者说灰蓝色的。

我们沿着沙滩径直走到莫拉餐馆的平台。大部分的桌子都空着。我们坐在一张有绿色帆布做顶的大阳伞遮蔽的桌子周围。一位相貌犹如过去的滑雪教练般的男人走来负责订餐。

“吃的和往常一样，”她说，“三个人。”

*

阳光静静地，满满覆盖着整个海滩、大海和莫拉餐馆的平台。在这深深的静谧当中，有一个细小的特别尖尖的声音打破了宁静：这是几个穿浴袍的人的声音，就在离我们的桌子不远的地方，我们能听到他们的对话，就像他们在我们近旁。一只从海面掠过的克里斯卡夫特汽艇的嗡嗡声四面传开，时不时关闭发动机，随意上下漂浮。于是我们听到了汽艇上人们的说笑声。

“如果我没弄错的话，”他对我说，“您在这里没有落脚点吧。”

“没有。”

“您在探险吧……”

他的语气里没有一点儿讽刺的意思。恰恰相反，我感觉到了他对我的同情。

“但是不幸的是，我必须尽快回到巴黎工作。”

“什么工作？”

这回轮到她在问我了，她苍白的眼神总是盯着我。

“我为地理杂志撰写文章……”

我只有一半在撒谎。我写过一篇关于记者和探险家亨利·R. 斯坦利的长篇文章，寄给了一本旅行杂志，然而还不知道是否会发表。

“那么您是旅行回来了？”他问我。

“是的，从奥地利的维也纳回来……”

我很想把话题转移到维也纳上。她应该很熟悉那座城市，既然她在那里出生。我很惊讶的是她竟然没有反应。

“维也纳，是座美丽的城市……”

我白白强调了一番，维也纳仍旧没有引起她的任何回忆。

“您呢，在巴黎工作吗？”

“我退休了。”他微笑着对我说，但是声调干巴巴的，没法让我有兴致再提什么问题了。

“我去游泳了。你们在这里等我？”

她起身脱去白色浴衣。我的目光追随着她在炎热迷雾中的身影。她穿过海滩，然后向海里走去，当海水淹没她半个身体时，她已经开始仰面漂浮在海上。

*

我们重新回到印度式平房的树荫下，他们教我玩一种扑克牌游戏。规则很简单。那是我一生当中唯一一次打扑克。然后就到了傍晚时分。

“我去买些东西。”她说。

他转向我：

“您能不能陪她去？这样更稳妥一点儿……她没有驾照……我刚才不想和您说这事……您可能害怕会被截在圣-拉法埃尔的公路上……”

他微微一笑。

“我什么都不怕。”我对他说。

“您是对的……我们在您那个年龄时也是……”

“可是我们仍旧无所畏惧。”她说着竖起了食指。

*

我总在外衣的内袋里装着护照和驾照。我坐在了驾驶盘前面。我花了点力气才启动了车子，因为我很长时间没开过车了。

“我感觉您比我开得还糟。”她对我说。

她给我指路，走的还是那条沿途种着竹子的小路。那条路之狭窄，以至于每有一辆逆行的车子开过来时，我都得往人行道边靠。

“您要不要我替换您？”她对我说。

“不，不用，会好起来的。”

*

我把车停在巴黎饭店前面，它的门面和装有木条百叶窗的小窗户像是一座山间旅店。我们步行到码头。这个时候一群群的旅客都沿着岸边在闲逛，欣赏靠岸的快艇，要不就想在塞内吉耶咖啡馆的平台上找到一个空位子。她在药房买了几样东西。她想知道我是否什么都不需要，我迟疑了片刻，向她承认我需要超锋利的吉利刀片和剃须膏，可是身上没钱。然后我们走进书店，她挑选了一本侦探小说。接下来我们到了码头的酒吧烟草店。她买了几包香烟。我们好不容易才从人群当中挤出一条通道。

但是没过多久，我们就单独在旧城的小街上散步了。后来的几年里，我又回来过这个地方，我在阿奈特、威才尔和卡瓦诺的陪伴下沿着码头和同样的小街走过。他们都比我强。我不能完全分享他们的无忧无虑和生活的快乐。还有一个离我越来越遥远的夏天，我在其他地方，那年夏天的阳光随着时间的变化，经历着奇特的变化：完全不像过度曝光的旧照片那样一片苍白，阴影和阳光的对比如此鲜明以致让我看见了全黑与全白的色彩。

我们沿着拉彭什街前行，穿过拱顶以后，我们停在高于渔港的广场上。她给我指了指一座废弃房屋的平台。

“我和丈夫很久以前住在那个高地……那时您还没有出生……”

她苍白的眼睛总是盯着我，面无表情的样子令人恐惧。然而我已经注意到她皱眉头的样子作出了善意嘲讽我的表情。

“您想不想走一走？”

在斜坡上的花园里，城堡脚下。我们坐上一条长凳。

“您的父母健在吗？”

“我见不到他们了。”我回答她。

“为什么？”

她还是这样皱皱眉头。回答她什么呢？古里古怪的父母亲总是在找寄宿学校或者轻罪犯监狱以便摆脱我。

“今晨当我在路边看到您时，我就在猜想您是否还有父母。”

我们从城堡街下来，朝码头走去。她抓住我的手臂，因为路是倾斜的。她的手臂和肩膀的接触让我产生了还从未感触过的印象：处在某人的保护之下。她可能是第一个会帮助我的人。一种轻松感包围了我。她通过简单的手臂接触和不时抬头相望的淡蓝色目光，传递给了我温暖的电波，我不知道今生还会不会有这等事情发生。

*

我们经过海滩回到印度式平房。我们坐在躺椅上。天黑了下来，从里面透出的光通过一个窗口照亮了我们。

“打一把扑克吗？”他说，“可是您好像不大喜欢社会上流行的游戏……”

“我们在他这个年龄的时候玩扑克吗？”

她举他为证，他笑了起来。

“我们没有时间打牌。”

他对她低声细语，只对她一个人说，我感到好奇的是想知道那个年代他们在忙些什么。

“您可以睡在我们家，如果您没有其他地方可去的话。”她对我说。

想到他们把我当成了流浪汉，我很不好意思。

“很谢谢你们……我很乐意，如果不会打搅你们……”

这很难说出口，我攥紧拳头，鼓足勇气。然而还是应该最艰难地向他们告白：

“我明天要回巴黎。倒霉的是，有人偷走了我身边所有的钱。”

说我低下了头还不如说在看着她，我两眼直视，等待裁决。她再一次皱起眉头。

“您就因为这件事忧心忡忡吗？”

“放心吧，”他说，“我们会给您买到明天火车的座位的。”

高处松林后面的别墅和泳池灯火辉煌，我看到有身影在蓝色的马赛克上面滑动。

“他们每晚都在过节，”他说，“让我们无法入睡。因此我们另外找了一栋房子。”

他突然产生了一副不堪负重的神情。

“开始他们非坚持邀请我们参与他们的节日，”她说，“于是我们关闭了这个平房里所有的灯，做出我们不在家的样子。”

“我们待在黑暗当中。有一次他们过来找我们。我们就躲进了旁边的松林底下……”

为什么他们和我用了这样信任和坦白的口气，好像在极力辩解什么似的？

“你们认识他们吗？”我问他们。

“嗯，是的，有点儿认识……”他说，“但是我们不想见到他们……”

“我们变成了野人。”她说。

人声愈来愈近。一小群人在五十米开外的地方顺着沿途种有松树的小路行走。

“我们关灯不影响您吧？”他对我说。

他走进平房关上灯，把她和我留在半明半暗的影子里。她把手放在我的手腕上。

“现在，”她说，“说话声要低一点儿。”

她朝我微微一笑。他呢，站在我们身后，慢慢拉动滑动玻璃窗，不让它发出声响，又回到躺椅上坐下。那些人现在离得很近了，就在通向平房的路口。我听到其中一个人用嘶哑的声音不断在说：

“可是我向你发誓！向你发誓……”

“如果他们走过来，我们只好装睡。”他说。

我想象着我们给他们造成的奇特场面：黑暗中沉睡在躺椅上的样子。

“要是他们拍打肩膀叫醒我们呢?”我问道。

“要这样的话，我们就装死。”她说。

然而他们离开了通向平房的小路，走下了松林底下的斜坡，朝海滩方向走去。在月光的照射下，我辨认出两男三女。

“危险过去了，”他说，“最好是待在黑暗里。他们可能会从海滩看到光亮的。”

我无从知晓这是说着玩呢还是认真的。

“我们的态度让您惊讶吗?”她对我说，“有时候我们没有能耐与人家交流一句话……这超出了我们的能力……”

他们的身影勾勒在沙滩上。他们脱去外衣，丢放在一棵被雕琢成波利尼西亚图腾形状的巨大树干上，它的树影给你在南海某个地方的礁湖岸边的印象。女人们全身赤裸，奔向大海。男人们好像追随着她们，发出狂叫。从最深处的别墅传来一阵阵的音乐声和谈话的嘈杂声。

“这个声音会延续到凌晨三点钟，”他声调厌倦地说，“他们跳舞还要在夜间泡澡。”

我们在黑暗中，长时间安安静静地待在躺椅上，好像是躲藏了起来。

*

她叫醒了我。当我睁开双眼时，又见到那个盯着我看的淡蓝色或者说灰蓝色的眼睛。她拉开房间的滑动玻璃窗门，早晨的阳光令我目眩。我们三个人在室外用了早餐。松树的味道漂浮在我们周围。下面的海滩空无一人。他们在半夜里的海水浴没有留下任何痕迹。没有一件衣服被遗忘在波利尼西亚图腾上。

“您若想在这里待几天，可以，”他说，“这不会打扰我们。”

我曾想对他们说好的。那种温情，那种激情像是我和她走那条下坡的街道的感受，再一次向我袭来。就任性地过一天是一天吧。再也不要对未来提什么问题。在帮助你克服困难的、渐渐对你产生信任感的充满关怀善意的人们的陪伴下生活。

“我要回巴黎……要工作……”

他们建议开车把我带到圣-拉法埃尔火车站。不，这并不打扰他们。无论如何他们都要再拜访一下伊桑贝尔的房子。这一次，是他开车，我坐在后排的软长椅上。

“我希望您不会害怕，”她说着朝我转过身体，“他开车技术比我们还糟。”

他开得极快，转弯的时候，我经常要紧紧抓住长椅才行。我的一只手最后稀里糊涂放在了她的肩头，刚想把手放开，他到了另一个弯道猛然刹车，于是她用力抓住了我的手腕。

“他想把我们杀了。”她说。

“不不，你们不用担心。下一次不会再这样了。”

在圣-拉法埃尔火车站，他匆匆奔去售票窗口，她则拉我来到书报摊。

“您能不能给我找一本侦探小说？”她问我。

我看了看书架，挑了一本黑色系列。

“不错。”她说道。

他找到我们。递给我一张车票。

“我给你买了一张一等座位的。这样更舒服些。”

我不知所措。找寻着答谢他的说辞。

“不必客气……”

他耸耸肩，买了一本黑色系列。然后他们送我上了站台。要等十来分钟火车才能到。我们三个人坐到一条长凳上。

“我很乐意再见到你们。”我说。

“我们在巴黎有个电话号码。今年冬天我们可能会去。”

他从外套内袋取出一枝笔，撕下黑色系列的护页，写下了他的名字和电话号码。他折好纸页递给我。

我走上车厢，他们两人站在车门边等着火车出发。

“您放心吧……”他说道，“车厢里没人。”

火车晃动起来时，她摘下太阳镜，我又看到了那双淡蓝或灰蓝色的眼睛。

“祝您好运。”她对我说。

在马赛，我翻了翻旅行袋看我是不是忘记带护照，在一件衬衣的领子那里，我发现了几张纸币。我不知道是不是她或者他想给我留下这些钱。说不定是他们两个人同时的主意呢。

我利用七月十四日溜回维隆区的公寓，没有引起任何人的注意。我借用了红磨坊后面那个不再使用的楼梯。第四层上的门通向一个储藏间。在我假装出发去里约热内卢以前，我拿到了这个门的钥匙——一把布理卡尔式的老钥匙，阿奈特猜不到它放在哪里，公开放在我床头柜上的她认识的唯一一把钥匙，是公寓大门的那把。因此，即便她猜出我留在了巴黎，她知道我忘记带钥匙了，因此不可能出其不意走进公寓。

储藏间里没有灯光。我摸索着找到了通向一个小房间的门按钮，如果阿奈特和我，我们有了孩子，这个房间会被称作“育婴间”。一条堆满书籍的走廊通向给我们用来做客厅的大房间。我踮起脚，但是什么也不用担心。他们都在上面平台上呢。我听到他们的窃窃私语。生活没有我仍在继续。有一刻我曾想扶着绳索扶手和固定在墙壁上的凸起爬上狭窄的楼梯，走上酷似大型客轮高级甲板般的阳台，因为阿奈特和我，我们曾想让我们的公寓给我们总是在海上游荡的幻觉：舷窗、纵向通道、舷墙……我会走上阳台，陷入可被我称作死亡的寂静。令人惊讶的事发生了，他们问这问那，庆贺我，比往常还要异常兴奋，要以归来者的名义痛饮香槟。

然而刚走出第一步我便停了下来。不，可以确定，我并不想见任何人，不想说话，不想做解释，不想重新进入我人生惯常的生活进程。我想进入我们的房间挑选几件夏装和一双低帮皮鞋。我轻轻扭动门按钮。门从里面反锁了。门底下的地毯上透出一缕光线。他们在节日进入高潮时却把自己隔离在这里。真是这样？是阿奈特和卡瓦诺在一起吗？我的寡妇——因为当我决定不再露面的时候，她难道不成了我的寡妇？——此时此刻她是不是和我最好的朋友占据着双人床呢？

我冲进毗邻的做我办公室的房间。通往两个房间的门半掩着。我辨认出阿奈特的声音。

“喂不必……亲爱的……不用怕……不会有人来打扰我们的……”

“你肯定？任何人都能从阳台下来进入这里……尤其是卡瓦诺……”

“不会……卡瓦诺不会来……我用钥匙把门锁

了……”

一听到她前面几句话，我就从她温柔和保护的语调里猜到陪她的不是卡瓦诺。接下来，我听出本·斯密达纳低沉的声音，那是年初在探险家俱乐部我们接待过的一个年轻人，卡瓦诺和我是俱乐部的介绍人，这是一个愿意献身搜寻沉没在印度洋和太平洋船只的残留物的年轻人，阿奈特发现这个年轻人有“一张希腊牧羊人的脸”。

*

卧室的灯光熄灭了，阿奈特用沙哑的嗓音说：

“别怕，我亲爱的……”

于是，我轻轻关上门，点亮我办公室的灯。我在抽屉里翻了又翻，直到发现了一件夹着纸片的暗绿色衬衫。我把衬衣夹在腋下离开房间，把我的寡妇和本·斯密达纳留在他们的缠绵做爱当中。

我一动不动，在走廊中间待了一会儿，倾听他们絮絮叨叨的谈话。我想象卡瓦诺站在高处，手持一杯香槟，面对舷墙。他正和其他受邀的宾客观赏布朗什广场，广场的景象犹如一个小渔港，他们刚刚停靠在那里。至少他没有觉察到阿奈特消失很久了，也猜不到我的寡妇能在什么地方安然作乐。

我又看到二十年前，在英格丽特和里果的陪伴下，待在平房前的半明半暗的阴影里。我们周围的说话声和笑声与现在从平台上传到我这里的声音一样。我现在大约与英格丽特和里果当年的年纪差不多，他们那时在我看来如此奇特的态度，正好是我今晚的态度。我还记得英格丽特说过的话："我们就装死。"

我走下那个红磨坊背后的秘密楼梯，重新来到林荫大道。我穿过布朗什广场，抬头望着我们家平台的方向。他们在那个高处不用担心在大巴吐出的如潮人群和七月十四日的散步者中找到我的位置。他们还会稍微想到我吗？从根本上说，我很爱他们：我的寡妇，卡瓦诺，本·斯密达纳和其他邀请来的人。有一天，我会回到你们当中。我不知道自己复活的具体日期。必须要在我有力气和渴望的时候。但是今晚，我只想乘地铁到多雷门。轻轻松松。如果摆脱一切。

等我半夜返回时，广场上的喷泉仍旧灯火通明，有几伙人，我发现其中有孩子，朝动物园门口走去。利用七月十四日这个时机它一直开着，动物们可能待在笼子和围栏里，快睡着了。我为什么不也在夜间去参观参观动物园，因此在幻觉中实现我们以前的梦想：深夜把我们留下来，关进动物园呢?

可是我更希望回到多狄斯酒店，躺在我房间的樱桃木制小床上。我又读了读暗绿色衬衫里面的纸片。那是十年前令人欣慰的一项计划的草稿：为英格丽特写一部传记。

那是九月份，在巴黎，我第一次对我的人生和职业感到了怀疑。今后我要和我的妻子阿奈特，我最好的朋友卡瓦诺分享一切。公众抱怨我们报道地球两极情况的纪录片。所有相关的旅行，那些刮季风，有地震、变形虫和原始森林的国家都对我丧失了魅力。他们难道从未被那些东西感染过吗？

那是充满疑惑和忧郁的岁月。在根据东方之旅以往取道的路线经过亚洲长途跋涉之前，我有五个星期暂缓工作的时间。我憎恶那次探险的成员们，他们逼我不得不去重新找寻轮胎的痕迹。巴黎，塞纳河岸和布朗什广场似乎从来没有如此引人入胜。还要离开这一切是多么愚蠢……

对英格丽特的回忆令人心痛，占据着我的头脑。我在出发前的日子里记下了我所知道的有关她的一切，就是说不是什么大事……二战结束后五六年，里果和英格丽特生活在南方，然而我不掌握这段时间的任何情况。后来英格丽特去了美国，里果没有去。她在那里跟随了一个电影制片人。这位制片人让她在几部不太重要的片子里表演了几个角色。里果来找到她，她放弃了制片人和电影。里果返回法国，她再一次和里果分开，又在美国待了很多年——到底多少年我完全不清楚。然后她重新回到了法国和巴黎，此后不久，又与里果重逢。我们回到了我在圣-拉法埃尔公路与他们相遇的时光。

十年后再来阅读这些笔记，我感到不舒服，就像作者是别的什么人似的。对有一个被命名为《在美国的岁月》的章节也有同感。我最终是否能肯定这一节能在她的人生中占据这样一个位置？随着时间的推移，这一节显得无关紧要，几乎是荒谬可笑的。不过在我记录那些东西的时候，特别对一鳞半爪的东西有感触，没有触及主要的部分。多么天真幼稚的是我在一九五一年的一本杂志上剪下了一张夏夜的香榭丽舍大街的彩照，借口说那是一九五一年的夏季，在大街咖啡馆的露天座位上，英格丽特认识了美国制片人……我把这份资料加入记录，以便更好地暗示二十五岁的英格丽特的生活氛围。露天座的遮阳伞和藤椅，构成海水浴的景象，不过依旧是香榭丽舍大街的情景，巴黎宁静的夜晚与她的年轻风貌完美配合……我记下的那个名字是阿列克塞·达克，好莱坞的一位上年纪的法国人，他在那天晚上，把英格丽特介绍给了制片人，因为他全程陪制片人在欧洲旅行，负责让他认识了当时被称作年轻人的那些人……

还有一个依我看在英格丽特的资料库里必不可少的资料放在我的笔记里：一张美国制片人的照片，是在我找东西时无意间发现的。这张照片是在佛罗里达一个游乐场里举办的盛大晚宴上拍摄的。体操运动员正在大厅中央的台子上表演节目，突然那位制片人让英格丽特眼前一亮，他从桌边站起来，脱掉礼服、领结和衬衫。他上半身全裸登上表演台，面对目瞪口呆的体操演员，他抓住了高空秋千。照片表现出他悬在秋千上的形象：上身鼓起，肚皮收缩，两腿岔开。他的身材瘦小，唇边留着修剪过的小胡子，勾起了我遥远童年的回忆。他下颌骨紧闭，上身挺拔，双腿平展……

这个男人要向一个可能是他女儿年龄上的女人证明自己一直永葆青春。当英格丽特给我讲述这个小故事的时候，和我一样狂笑着，直到眼眶里溢满泪水，我不知道她的泪水是不是每当想起和那个晚上一样白白浪费的时间就会涌来。

我撕掉了香榭丽舍大街的照片和掺和进来的制片人的零零碎碎的小照片，飘飘洒洒，把它们扔进了我房间的垃圾桶。我让那张记着阿列克塞·达克名字的纸片也遭遇了同等命运，那个名字微不足道，行使着在我看来简直就是掮客的勾当，十年前，我却认为这个无关紧要的人物值得出现在英格丽特的传记里。我隐约感到内疚：传记作家有权在他认为多余的借口下，删除某些细节吗？或者说它们都很重要，应该把它们集中起来整理清楚，不允许有益于一个而损害另一个，以至于像放进盘点清单一样，一个都不可以遗漏吧？

至少生活的准则，一旦到了期限，就没有从所有无用的和装饰性的因素当中得到自我净化。于是剩下的只是基本的东西：白色、安静和乐器的音符。最终我满脑子翻腾着这些重大问题进入了梦乡。

*

第二天早上，在广场和苏尔特大道转角处的咖啡馆里，最多不过二十岁的一个女孩和一个男孩坐到我旁边的桌边，他们朝我微笑。我很想和他们说说话。我发现他们二人十分相配，他一头褐发，她呢，金发。也许阿奈特和我在同样年龄的时候也有这个外形。他们的在场给我安慰，给我传递了某种流光溢彩的东西，因为我整整一天都保持了精神饱满的状态。

那个男孩和那个女孩让我想起在圣-拉法埃尔公路与英格丽特和里果的第一次相遇。我不明白他们为什么停下车子，那么自然地把我邀请到他们家。人家总以为他们是我很久的老相识了。当然，我在火车上一整夜没睡，疲劳给我造成了一切皆有可能和生活再也没有崎岖坎坷的印象：只要任意在坡道上下滑，抬起手臂让一辆车停下来，人家一句话都不问来帮助你就够了。你睡在松林下面，醒来时，有一双淡蓝色的眼睛看着你。我在英格丽特的臂弯搀扶下走下城堡街，在我人生中第一次，有了在某人保护下的可靠感。

然而我难以忘怀里果尽可能轻松地跛脚走路的样子，好像他想隐藏什么伤痕，就像英格丽特在黑暗中低声说出的话："我们会装死。"他们两人都已经感觉到了，跑步的终点——至少英格丽特是这样。我的出现大约分散了他们的注意力，给了他们短暂的慰藉。我大概瞬间为他们勾起了年轻时的回忆。他们确实是在我这个年龄上，在蓝色海岸重逢的。他们把自己托付给了自己。是孤儿。这也许正是英格丽特想知道我是否有父母的理由。

今晚，在多狄斯自己的房间里，我不需要查阅我的记录。我记得所有的一切，就像发生在昨天……他们是一九四二年春天到达蓝色海岸的。那时她十六岁，他二十一岁。他们不像我抵达的是圣-拉法埃尔火车站，而是汝安雷班火车站。他们来自巴黎，越过了偷渡的边境线。英格丽特随身携带的是一张以泰森·英格丽特命名，里果夫人名义的假身份证，让她老了三岁。里果在自己外衣的双层夹里和行李底层藏了几十万法郎。

他们是那天早晨在汝安雷班唯一的旅行者。一辆出租马车等在火车站前，黑色的马车套的是一匹白马。因为行李的关系，他们决定乘这辆车。马缓缓前行，他们沿着松林广场中心空无一人的小公园行走。马车夫的头总是朝右倾斜着。从背后看去，我们觉得他睡着了。转向海岬那条路时，大海出现了。马车走上一条倾斜的小路。马车夫抽响马鞭，马儿快步小跑上去。然后他急急勒住马绳，马车震荡着停在普罗旺斯饭店高大白色的建筑脚下。

“要跟他们说明咱们是蜜月旅行。”里果说。

*

饭店只有一层开放，寥寥无几的顾客好像是偷偷摸摸住在那里似的。进入电梯口之前，电梯慢悠悠地穿过黑暗和安静的楼梯平台，总是不停。对于喜欢爬楼梯的人来说，必须打开电灯。宽大的餐厅紧闭，它的枝形吊灯架包裹着一个白色床单。酒吧也不营业。于是他们都集中在大厅的一个角落。

他们房间的窗户在饭店的背面，面对一条缓缓倾斜通向海滩的街道。他们从阳台上俯临松林，经常看到出租马车在海岬路转弯。晚上的寂静如此深沉，以至于木鞋敲击路面的声音要好长时间才能消失。英格丽特和里果开玩笑，两个人当中最后听完木屐哒哒声的，才是耳朵最尖的那个。

*

在汝安雷班，大家各行其是，好像战争根本不存在。男人穿着沙滩长裤，女人穿着色彩鲜亮的海滨裙裤。所有那些人都比英格丽特和里果年长二十来岁，然而不大辨认得出来。幸亏他们皮肤晒出了褐色，举止像运动员，才保持了年轻的神态和虚假的无忧无虑。他们并不知道夏季结束后，事情的进展如何。在喝开胃酒的时候，他们互换地址。今年冬天要不要在默热沃订房间？有人更喜欢瓦勒迪塞尔，已经准备好“待在”伊泽朗山口。还有一些人根本不想离开蓝色海岸。他们可能去重新打开圣-特洛佩兹的名为海拔 43 号的白色旅店，这家旅店酷似一艘搁浅的大型客轮，位于普罗旺斯鱼场海岸上方的松林当中。在那里可以躲避起来。在他们褐色的面孔下面可以看出一丝焦虑：说明必须分秒必争出发寻找一个避开战争的地方，而这样的宜人之地愈来愈少……在海岸地区，开始了定量配给。要想不丧失士气，就什么都不要去想。这些游手好闲的日子有时会给你住在被监视的宅子里的感觉。一定要把头脑清空。在阳光和风儿吹动摇曳的棕榈树下，任自己进入轻松麻痹的状态……闭上眼睛。英格丽特和里果以及那些忘记战争的人生活在同一个节奏上，不过与他们保持着一定距离，避免和他们说话。开始人们对他们二人的年轻感到惊讶。他们是在等待父母亲？度假？

里果回答说英格丽特和他是在“蜜月旅行”，就这么简单。这样的回答没有令他们感到惊讶，反而成为对这些普罗旺斯饭店顾客的慰藉。如果年轻人还在出门蜜月旅行，就可以说明形势还没有如此悲惨，地球还在继续转动。

他们两人早晨来到松林下面，位于游乐场和海岬街中间的海滩。属于饭店的架有藤蔓的私人海滩和浴场更衣室都不运作了，用普罗旺斯饭店看门人的说法“好像正处于和平时期”。几把躺椅和遮阳伞随顾客支配。然而直到战争结束，都禁止他们使用更衣室。新来的人不知道进入这片海滨是否违法。甚至对使用阳光浴场感到有些不好意思。开头几天，里果都在安慰英格丽特，因为她每时每刻都在害怕人们问她他们来这里做什么，原因是，她还在忍受着先前在巴黎的动荡生活对她的冲击。里果为她在汝安雷班的一家商铺买了一件淡绿色紧身浴衣。还有一条和别的女人穿的一样的粉色画图案的海滩裙裤。他们躺在浮桥上，等太阳一照到他们的皮肤，就又跳进大海。他们游向宽阔的海域，然后并肩返回海边仰面漂浮在海面上。午后，当炎热逼人的时候，他们就穿越寂静的公路，沿着松林和棕榈树边通向普罗旺斯饭店入口的小路行进。看门人经常不在接待室。不过里果把他们的钥匙放在浴衣的口袋里。电梯攀升缓慢，黑暗的楼层平台滑过，让他们猜想那些没有尽头的安静走廊是什么样子，房间里可能只有床绷。随着电梯升高，空气变得更加清新，半明半暗的新鲜空气包裹着他们。到了六楼，巨大的栅栏门在他们身后发出咔咔声，然而却丝毫没有搅乱平静。

他们从自己的阳台欣赏松林，从松林边缘暗绿色的后面分辨出游乐场的白色痕迹。沿着围绕饭店墙壁的倾斜街道，没有一个人经过。然后他们关上房间的百叶窗——淡绿色的百叶窗和英格丽特的紧身浴衣一个颜色。

*

晚间，他们沿着松林中间的小广场去汝安雷班的一家餐馆用餐，这家餐馆可能不知道定量配给的事。顾客们来自尼斯和戛纳。开始时，英格丽特在那里感觉很不舒服。常客们一桌挨一桌地打招呼，男人们的粗线毛衣漫不经心地系在肩头，女人们裸露着晒黑的脊背，头发包裹在克里奥尔风格的方头巾里。他们感到惊讶的是听到英语对话。战争如此遥远……餐馆店堂位于游乐场隔壁建筑的侧翼，餐桌移出店堂，摆在了人行道上。大家都说，老板娘，某个叫考缇庸小姐的人与司法机构有过纠纷，然而今天却从“保护”中得到了好处。她为人亲善友好，在汝安雷班被称作波旁公主。

*

他们回到了饭店，几个夜晚没有月光，焦虑不安侵袭着他们两个。没有路灯，也没有一扇有亮光的窗户。波旁公主的餐馆还是灯火辉煌，就像她是最后一位敢于顶撞宵禁的人。但是走出几步路以后，那个灯光就消失了，他们只好在黑暗中行走。低低的对话声也消失了。所有那些他们在白天的海滩看到的和出现在餐桌边的那些令他们放心的人们，现在对他们来说似乎已经不真实了：被战争阻断在汝安雷班的那些巡回演出的哑角们，被限制在海滩，在虚假的波旁公主的餐馆扮演了伪装避暑的角色。那家在黑暗深处识别出来的普罗旺斯饭店的白色巨大建筑呢，简直就是纸板浆搭建起来的雄伟装饰。

每当他们穿越这片幽暗松林的时候，英格丽特都会因为恐慌，泪水涟涟而浑身发抖。

*

然而他们走进了饭店大厅。枝形吊灯耀眼的光芒让他们眯起了眼睛。看门人穿着制服立在接待室的办公桌后面。他微笑着向他们递上房间的钥匙。事物又回到了一定的坚实度和真实性上。他们重新回到了真实的大厅，有真实的墙壁和真实的穿制服的看门人。然后他们登上电梯。在他们按下六楼的按钮时，迟疑不决和惴惴不安再一次掠过，一条胶带覆盖了其他层次的按钮，清楚地表明这些按钮被禁用了。

电梯在黑暗中缓缓攀升期间，他们抵达了一个楼梯平台和被赤裸的灯泡微微照亮的走廊。事情就是这样。他们从光明走进黑暗，又从黑暗来到了光明。他们必须适应这个一切都可能随时动荡的世界。

*

早晨，当他们打开百叶窗，一道强烈的阳光便洒满了房间。这确确实实与往日的夏季一模一样。松叶暗绿，天空湛蓝，通向海滩向下倾斜的萨拉玛泰尔大街的桉树和粉色月桂传来阵阵清香……在散发着热气的轻雾笼罩中，普罗旺斯饭店高大的白色门面永恒地耸立着，当你结束海浴，从伸展出去的浮桥上望去，你觉得这座建筑在保护你。

只需一个细节就足以糟刹这个风景，那是里果第一次在傍晚注意到松林小路长凳上的情景。英格丽特和里果他们沿着海滨大道散步回来。一个男人身着城里人的服装，坐在长凳上阅读一份报纸。与他外衣的深色形成对比的是他奶白色的面孔，和某些从不见阳光的人一样。

第二天早上，他们两人躺在浮桥上。里果又发现那个深色的斑点倚靠在通向海滩阶梯左侧一块泥土平地的栏杆上。那个人正在观察阳光下享受海浴的几个人。里果是唯一看得到他的人，因为其他人都背对着他。有一会儿，他想把那个人指给英格丽特看，但是他改变了主意。他把她拖下海水，比往常游得还要远。他们返回浮桥，仰面漂浮在海上。英格丽特更喜欢留在海滩，因为浮桥的木头热得烫人。里果自己到更衣室的通道里找了一把躺椅。他再次看到英格丽特时，她正站在海边，穿着淡绿色紧身浴衣，他抬头朝围栏看去。这一次，那个男人好像在窥伺英格丽特，嘴唇粘着一支香烟在吸。尽管阳光照射，他的面孔仍旧是奶白色的。他的外套在通道和沙滩白色更衣室的衬托下显得更为深暗。里果在喝开胃酒的时候，瞥见他坐在大堂最里边，目光不离走出电梯的顾客。

*

直到那时，他还是没有太看清那个人的面部轮廓。当晚，在波旁公主的餐馆，他才得闲仔细端详。那个男人坐在餐厅最里面，他们隔壁的一张桌子边。面部的颧骨很高。金色头发夹杂着红棕色的反光往后梳拢着。似乎在颧颊的奶白色皮肤那里有些被损害的斑点。他穿着城里人的外套，眼光专注地扫过被当地常客们占据的餐桌。最后把目光定在英格丽特和里果身上。

“你们在度假吗？”

像是力图让他们承认一个见不得人的秘密似的，他想让自己金属般的嗓音变得柔和一些。英格丽特把头转向他。

“不完全是，”里果说，“我们在蜜月旅行。”

“在蜜月旅行？”

他点了点头，做出一副欣赏的样子。然后从外衣口袋里拿出一支烟嘴，往里面填塞了一根下士牌烟卷——

香烟盒放在桌子上——他点燃烟，长长吸了一口，这个动作让他的两颊都陷了下去。

“你们在度蜜月，运气不错……”

“运气？您真这么觉得？”

里果懊悔自己用傲慢无礼的方式回答了他。他睁大眼睛，盯着那个男人，表现出惊异的样子。

“鉴于形势，很少有你们这个年纪的人能出来做蜜月旅行……”

他重又做出这个温柔的语调。英格丽特没说什么。里果猜到她已经厌倦，很想离开餐馆了。

“您忍受得了这种香烟吗？”里果问那个男人，指了指摆在桌子上的下士牌烟盒。

里果一阵眩晕。想抵挡那个味道已经太迟了。那个人看着他，眯缝着眼睛。里果听到自己对他说道：

“这种烟不让您的嗓子难受吗？您喜欢的话，我有英国烟。”

他给那人递过去一包黑猫香烟。

“我不吸英国烟，”那个男人抽搐地笑道，“我没办法得到。”

然后他看着菜单，从那时起，做出不知道英格丽特和里果存在的样子。目光继续不懈地在餐桌那边扫来扫去，似乎要把那里的每一张脸都铭刻在记忆当中，然后再记录下来。

*

回到饭店以后，里果后悔自己挑衅性的幼稚举止。他在床头柜的抽屉里发现了一个下士牌香烟的空壳，那是一位顾客在战前奢侈生活的日子里遗忘在那里的。英格丽特和里果站在阳台上，手臂支撑着栏杆。下面的教堂屋顶和阳伞般的松顶在明亮的月光下，勾勒出清晰的轮廓。枝叶掩藏着波旁公主餐馆的露天座位。

“那个家伙可能是什么人？”英格丽特问道。

“我不知道。”

里果如果是一个人，那个男人的出现不会让他感觉丝毫担惊受怕。从战争开始，他就没有怕过什么，但是他却为英格丽特感到害怕。

*

那个深色斑点——如里果所称——经常无所觉察。你可以相信汝安雷班的阳光把它消融了。可悲的是，当你不再等待它的出现时，它却冒了出来。海浴时间海滩的栏杆上，海岬路的人行道上，游乐场的露天平台上。一天晚上，里果正准备乘电梯回房找英格丽特时，他听到身后那个金属般的嗓音：

“一直在度蜜月吗？”

里果转过身。那男人与他面对面，目光扫过他。

“是的，一直在度蜜月。”

因为英格丽特的原因，他尽量用中性的口吻回答那个人。

*

一天深夜，里果不到三点钟就醒了，天气闷热，他打开了窗户。英格丽特睡着，她把床单推到了床尾。一道月光照亮了她的肩头和腰部曲线。他感觉激情荡漾，再也无法入眠。他起身，踮起脚离开房间想去找一包香烟抽抽。走廊的灯散发出比平时更加微弱的灯光。电梯的灯熄掉了。但是下面的枝形吊灯灯光耀眼。

里果准备穿过大堂时，看见深色斑点正在接待室的办公桌后面。只有他一个人俯身在完全敞开的登记簿上，记录着什么。他并没有觉察到里果的出现，此刻正是里果走上半圈重新回房间的时机。然而像那天晚上在波旁公主的餐馆一样，一阵眩晕向他袭来。他慢步走到接待处的办公台那里。那个人一直沉浸于他的工作。里果走到他跟前，两只手平放在大理石台子上。此刻那个人抬起头，流露出一个呆滞的微笑。

“我来找包香烟。”里果说。

“我猜是黑猫牌的吧？”

语气与那晚一样柔和。

“可是我打扰您的工作了。我过会儿再来。”

里果不加掩饰，俯身去看那个人记录东西的本子：他抄写的是一张名单，是饭店登记簿上记载的顾客名字。那个人动作生硬，合上本子。

“没有黑猫牌子的，您拿这支烟去吧……”

他把自己的下士牌烟盒递给里果。

“不用，谢谢。”

里果说这句话时口气和蔼。目光却没有离开在他面前摊开的饭店大型登记簿。

“您记录什么东西吗？”

“我搜集一些情况。我工作的时候，你们却在度蜜月……”

和那天晚上一样，他看着里果，充满抚慰。他笑起来的时候暴露出一颗金牙。

里果低下头，面对他的是外套的暗色痕迹。衣服皱巴巴的。栗色的衬衣领子那里吊着一条黑色领带，又窄又小。那人点燃一支香烟。烟灰就弹在外套的卷边上。他立即闻到一股混杂着烟草、体汗和香堇菜清香的味道。

“蜜月旅行真恼人，”里果说道，“可是事情就这样啦……不可能有其他办法……”

他随后转身穿过店堂朝电梯方向走去。当他来到电梯栅栏门前时，他看到那个人还在办公台那里。那个人也在看他。在里果锲而不舍的目光下，那人尽可能若无其事地又开始了他的工作。他翻阅着饭店的登记簿，不时在自己的小本子上记着什么——可能是某个被他遗漏的顾客的姓名吧。

*

房间里的英格丽特一直睡着。里果坐在床尾欣赏着那张平滑而充满稚气的脸。他知道自己再也无法入睡了。

他来到阳台，依在阳台凸起的边缘上。从那里他还可以关注到她。她的左脸颊枕在伸开的臂膀上，一只手悬空。他听到马蹄的哒哒声，说明有出租马车经过，他不知道自己是不是被幻觉害的。为什么这么晚了还有出租马车？声音愈来愈近，他朝阳台外俯下身，希望看到白马。但是一簇松枝挡住了海岬路的拐弯处。

马蹄声远去了，他不能和英格丽特做游戏看他们两人当中谁是最后一个听见声音消失的人了。他闭上眼睛。现在那边路上的哒哒声已经几乎觉察不出了。它们销声匿迹，再也没有什么声音会来扰乱这个宁静了。他想象自己在英格丽特旁边，坐在沿这条大路行走的马车里。他俯身询问马车夫旅行的目的地是哪里，可是车夫睡着了。英格丽特也是。她的头歪倒在他的肩膀上，他感受到她喉咙深处的呼吸。只有他和白马是清醒的。他因为烦躁不安而无法入睡。可是那匹白马呢？假如它大半夜突然停在大路中间怎么办呢？

*

第二天上午，他们在浮桥上进行阳光浴，里果时不时抬起头朝俯临海滩的栏杆方向探望，查看深色斑点是否待在那里。不在了。那个斑点蒸发了。多久了？什么时候，在汝安雷班的什么地方他还会出现？

英格丽特把大沙滩帽落在房间里了，这顶帽子能保护她避开阳光。

“我去找。”里果说。

“不用，你待在这儿。”

“不不，我去。”

这是离开海滩一会儿的借口，以免引起英格丽特的不安。他想看看那个男人是否还在周围停留。如果他能明确那个人的位置会感觉更放心一些。然而那个人既不在花园也不在饭店大堂。里果拿着沙滩帽，在通向松林的小礼拜堂街转了个弯。阳光咄咄逼人，他走在荫凉下的人行道上。在离他十几米远的前方，走着一个高个子男人，后背微微拱起。他认出那人是饭店的看门人。

这顶沙滩帽很像他母亲十年前戴的那种。英格丽特是在游乐场附近的一家店铺买的，店家的橱窗里只有这么一顶帽子：某个人——说不定就是他母亲——像他在抽屉最里面发现的那个下士牌香烟空壳一样，是在某个夏季结束时遗忘在汝安雷班的呢。

看门人在他前面慢吞吞地走着，他并不想超越他。他记得在海岬路边有一座别墅，他母亲有时会带他到那里拜访一位美国女友。那些日子，他们吃过午餐就从戛纳出发。那时他在十到十二岁之间。拜访美国女人的时间延续到晚间。许多人都聚集在客厅里和低处的栅状突堤上。大家感兴趣的是滑水，美国女人那时是第一个从事这项运动的女人。他准确地记得其中一位客人：皮肤黝黑，白头发，身体干瘪得像木乃伊，他也是滑水的著名业余爱好者。他母亲每次都要指着那位客人对他说："去向贝尔比先生打招呼"，然后把他丢在花园里，让他整个下午都孤零零的一个人待着。很糟糕的回忆。又想起那些事是因为看门人走在他前面。他追赶上去，把一只手放在他的肩头。看门人惊异地转过身，朝他微笑道：

"我如果没有记错，您是饭店的一位顾客吧？"

一股冲动把里果推向那个看门人。从昨天起他就感到不知所措，他特别担心会有不幸降落到英格丽特头上，他准备抓住随便哪一个救生圈。

"我是保尔·里果夫人的儿子……"

话一出口他就想笑。干嘛突然提起母亲，那个缺乏母性的女人，把他整天整天丢在别墅花园里，而且有一个晚上，甚至把他忘记在那里了？后来，当他在阿尔卑斯山一所中学又饿又冷的时候，她自认为做的唯一一件好事就是给他寄去了一件丝绸衬衣。

"您真是保尔·里果夫人的儿子？"

那个人打量着他，就像他是德迦尔亲王。

"可是先生，您应该早点儿告诉我您是她的儿子……”

看门人挺了挺身子，似乎很激动里果有不可思议地说出这句话的格调。里果不知道自己是否要选择汝安雷班做避难所，因为这个地方和自己的童年联系在一起。那个童年很悲惨，但是在一些还相信自己能坚持下去或者想到未来就毫无价值的人们当中受到保护。因此他的母亲，那个蒸发掉的可怜人……她在今天人们怀揣假证件，生活在黑市的有名无实的汝安雷班，可能并没有真正弄懂战争。现在他却把她作为最后手段利用了她。

“我保留着对保尔·里果夫人这样的记忆……她到这里，汝安，而您，您就是她的儿子……”

他用保护人的目光看着他。里果肯定这个人可以保护他。

“我想请求您给我建议，”他嘀咕着，“我陷入了棘手的情况……”

“我们最好到这边来说。”

看门人把他拉到一座高大白色建筑的拱顶下面，从他们住的房间阳台，里果可以看到这座建筑的屋顶和课间休息的院子都冷落无人，那是圣-菲利普学校。他们走到其中一个院落，院子尽头是一个风雨操场，看门人把他带到院子边上的一棵梧桐树那里。他向里果指了指树下的一条长凳道：

“请坐。”

他坐到里果边上。

“我听您说。”

这个男人的年龄可以做他的祖父，头发雪白，两条长腿相互交叉着。一副英国人或美国人的做派。

“这么说吧……”里果开了口，声音显得犹豫不定，“我和一位年轻姑娘从巴黎来到这里……”

“我没弄错的话，是您的妻子？”

“不是我妻子……我给她弄到了假证件……她必须离开巴黎……”

“我理解……”

如果这一切只是一场噩梦呢？当我们午后在外省的宁静中坐在课间歇息庭院的梧桐树下，战争怎么可能有与这个现实相像的情景呢？院子深处是教室，自己身旁是个语气热情对你的母亲怀有激动回忆的白发男人。还有蟋蟀令人宽慰和单调的吟唱。

“您不能再留在饭店里了，”看门人对他说，“不过我会给您另外找一个避难所……”

“您真认为我们不能再待下去了吗？”里果嘟囔道。

“下周会有警察来蓝色海岸的所有饭店。”

一只小猫从一个教室半开的门缝钻出来，穿过风雨操场，在一团阳光中间蜷缩成一个毛毛球。他们一直听着蝉鸣声。

“我们已经被一个特别从巴黎来的人控制了。”

“我知道，”里果说，“一个穿深色衣服的男人。您认为他还在这里？”

“糟糕的是，”看门人说，“他在戛纳和尼斯之间周旋。他要求检查所有饭店的登记簿。”

里果把英格丽特的沙滩帽放在自己身边的长凳上。见不到他返回，她一定会不安的。他很想让她和他们一起待在这个课间休息的庭院里，在这里有安全感。那边那只猫咪正蜷在那一团阳光中间睡大觉。

“您不觉得我们可以躲在这里吗？”里果问道。

他把教室和可能是寝室占据的建筑的二楼指给看门人看。

“我为您提供一个更好的藏身之地，”看门人说，“一位美国女士的别墅，过去您的母亲大人经常到那里去。”

*

在海滩的小路上，里果思索着要对英格丽特怎么说。

他要向她隐瞒预计下周警察要来，只会简单向她解释母亲的一位女友借给他一幢别墅。母亲……什么样的命运嘲讽会以这样顽固的方式重新出现在他的生活中，而他真正需要她的时候，从来都没有想到过让她出现？现在，她已经不在人世了，就像是保尔·里果夫人希望得到原谅，抹去她对他犯下的全部过错似的。

海滩上已经空无一人。人们甚至没顾上把面对大海的几张躺椅叠起来。只有英格丽特一个人，在浮桥上晒阳光浴。

“我遇见普罗旺斯饭店的看门人了，”里果说，“他给我们找到了一座别墅。饭店马上要关门了。”

英格丽特坐在浮桥边上，双腿悬空。她头上的大帽子遮住了面颊。

“很奇怪，”她说，“他们同时都走掉了。”

里果的眼光没有离开空荡荡的躺椅。

“他们一定去午睡了……”

然而他十分清楚，其他日子的同一时间，海滩上还是有人的。

“我们要泡泡海水吗？”英格丽特说。

“好吧。”

她摘下帽子，把它放到浮桥上。他们两个人跳进海里。大海宁静得如同湖面。他们蛙泳，游了五十米。里果轻轻抬头朝海滩和浮桥望去。英格丽特的大帽子在深色的浮桥上形成一个红色斑。这是附近海域有人在的唯一标志。

*

下午五点钟左右，他们离开了海滩，里果想去找一份报纸。英格丽特很诧异。自从他们抵达汝安雷班以后，没读过一份报纸，除了英格丽特每周买的电影周刊。

然而报贩子关门了。居易-德-莫泊桑街上的所有商铺都放下了遮帘。他们是唯一走在人行道上的人。他们走了一半。

“你没发觉这很怪异吗？”英格丽特问。

“不……没什么……”里果尽量用若无其事的口气说，“夏季结束了……我们不会被人注意了……”

“你干嘛要买报纸？发生什么事情了吗？”

“没有。”

松林中间的小广场也是空荡荡的，往常在平地上，都有地滚球比赛发生的争执，现在却连一个比赛者都没有：汝安雷班的居民是否也和来避暑的人一样都离开了这座城市？

在普罗旺斯饭店门前，白马驾驭的出租马车停在那里，马车夫装好了一堆行李。然后爬上自己的座位，打响了马鞭。那匹马比平时还要慢吞吞地顺饭店的小路走了下去。英格丽特和里果有那么一会儿一动没动站在门边，听着愈来愈弱的马蹄声。

里果感觉能理解英格丽特应该分担这种情况，因为她对他说：

“说不定要发生地震了吧……”

他们周围的阳光加深了宁静的氛围。

*

饭店大堂空无一人。这个时候，顾客们都该围坐在里面的桌子周围喝开胃酒，当英格丽特和里果从海滩返回的时候，欢迎他们的是低低的谈话声。

看门人站在接待办公台后面。

“你们在这里再过一晚。明天我把你们安排到别墅。”

“就剩下我们了吗？”

“是的，别人午饭后就走了。因为昨天在巴黎报纸上的一篇文章……”

他转向格子架，那里挂了几把今后没什么用处的钥匙。

“我给你们换了房间，”看门人说，“这样更加谨慎……你们在二楼……一会儿我把晚饭给你们送上去……”

“您看过那篇文章了？”里果问。

“看过了。”

这一次他们走的是楼梯，经过昼夜不灭的照明灯照亮的走廊，来到了116房间。窗帘已经落下，可是阳光还是透射过来，在地面形成了细长方形的亮光。床上只有床绷。里果走近一扇窗子，摊开看门人给他的报纸。首页的文章标题跃入他的眼帘：“犹太人居住区香气缭绕……蓝色海岸饭店的绅士名录。”一张名单呈现在文章开头。他的名字不在其中，因为有法语协和音在里面。

“他们在文章里说了什么？”英格丽特问道。

“没什么有趣的东西……”

他折起报纸，把它塞进床头柜的抽屉里。从今后的几年，等战争结束，饭店重新回复以往的活跃，会有一位顾客像他发现下士牌香烟的空盒一样，看到这张报纸的。他过来躺在床绷上的英格丽特旁边，把她拥在怀里。这样就不会非要去看本来挂在外面门把手上，现在扔在床头柜上的写着“请勿打扰”的牌子了。

*

他心神不定地眯了一觉。突然醒来时，确信英格丽特还睡在他旁边的床绷上。他想用钥匙把门锁上，但是这样小心谨慎是毫无益处的：看门人给了他一把万能钥匙，可以打开饭店房间之间来往的所有的门。

一帮人会被深色斑点引进，涌入饭店大厅，他们将参与警察的突然袭击。但是对英格丽特来说没什么可怕的。那些人走过五个层次的楼道，楼道里有勉强穿破黑暗的灯光。他们必须一间一间打开饭店的二百五十个房间，检查房间里是否有人。

他听到上层房门有规律的咔咔声。这个声音愈来愈近，他听到人的说话声：深色斑点和其他人现在来到了他们这个楼层。他会捏紧手中的万能钥匙。一听到他们打开隔壁房间的房门，他就会叫醒英格丽特，一起溜到隔壁房间。这个猫捉老鼠的游戏会穿越这个楼层的所有房间。那些人还真不会有任何运气发现他们，因为他们两人会蜷缩在普罗旺斯饭店最深层的黑暗当中。

他又一次惊醒过来。一点声音都没有。门也没有丝毫声响。窗帘任日光透射进来。他转向英格丽特。她的面颊靠在手臂上，像孩子般沉睡着。

*

在沿路都是棕榈树的小路尽头，别墅挺立着它中世纪风格的门面，顶上有一座塔楼。里果陪伴母亲在这里的时候，正在读沃尔特·司各特的书，《伊万霍恩》还有《昆廷·德沃德》里的城堡，他把它们想象成这座城堡的样子。他第一次感到惊讶的是，无论是“美国女人”还是“贝比先生”，穿的都不像这些书里插图画上的人物。

看门人想首先把花园指给他们看。

“我谙熟在心呢。”里果说。

他简直可以闭着眼睛顺小路走。那边是井和仿造的罗马遗迹，按照英国风修建的大草坪，与大阳伞形状的松树和夹竹桃形成对比。而草坪的边缘，正是那个晚上母亲把他遗忘的地方，她竟然独自返回了戛纳。

“在这儿，你们就隐蔽起来了。”

看门人环视了一遍花园。里果抓着英格丽特的手臂，试图克服不适的感觉。回到起点，回到他童年时期的地方，他有一种不快的感觉，对于童年，他没有感受到任何温暖，当他成功忘记那个倒霉的母亲时，感受她看不见的身影时，感觉也不舒服：对里果来说，母亲与他维系的只有不幸的回忆。因此，他不得不重新像囚犯一样几个小时又几个小时地待在这座花园里……他脊背一阵冰凉。战争恶意捉弄了他，强迫他又返回了童年这座他逃避了很久的监狱。眼前的现实犹如他经常的梦魇：开学了，却待在学校的寝室里……

“我不可能给你们找到更可靠的避难处了。”

看门人又说道。

他试图开导里果说，母亲已经过世，他现在成年了。

“有什么事让您烦心吗？”看门人问道。

英格丽特也向他抛去疑问的目光。

“不，不，没事。”

“你在想什么？”

“什么都没想。”

只要听到英格丽特的声音，看到她的眼神，就足以让往事和那些可悲的连带琐事落入尘埃：无价值的母亲，滑水的美国女子冠军，贝比先生的白发和黝黑的皮肤，还有下面，栅状突堤边捧着鸡尾酒杯的客人。所有这些褪了色的往事怎么还能引起他的忧虑呢？

他挨着英格丽特，走在现在这座微小的花园里，和童年时期的花园比较着：那时有一片他总害怕迷路的，再也找不到回城堡路的树林。

“现在，我让你们参观一下别墅……”

里果惊讶地发觉，那个别墅照他看来，和他记忆中的沃尔特·司各特小说里城堡旁边的别墅比较，规模也有限。眼前就只有这些了……

*

他们选择了塔楼里的房间，因为那里的墙壁是白色的。二层美国女人的房间宽畅一些，然而细木护壁装饰阴暗，有顶帐的床和帝王家居，给房间营造出忧郁的景象。他们经常屹立在一层的客厅，它透过阳台的玻璃窗面向花园和大海。客厅的整个一面墙，都是书柜，他们决定按照图书在柜架上的排列，一本一本地阅读那些著作。

里果回避去花园。但是遇到日照的日子，他们就从石阶下来，径直走到堤上。他们进行海水浴，还躺在浮桥上，那里以前是滑水的出发地。在一个直接挖在岩石上的停放点上，放着摩托艇和一双双滑水橇。在它们没有腐烂之前，还有人会用吗？

开始的时候，饭店看门人劝阻里果和英格丽特走出别墅。他负责供给吃喝。他陪伴里果去昂蒂博市政府，靠一个朋友帮忙，拿到了一张工作证明，确定里果先生和太太是海滨阿尔卑斯省汝安雷班市博多万大街的圣乔治别墅的看管人。总之他完成了使命，因为美国女人委托他在她不在的时候看管别墅。她把那栋别墅放在西班牙使馆的保护之下。里果直到那时，并没有理会大学文凭、行政文件、身份证件和驾驶证件这些东西，只是请求看门人给他搞到所有能把英格丽特最终置于法国警方掩护之下的所有证明。所以，他身上总是带着写有里果先生和太太的工作证明以及一封说明别墅在维希直接受西班牙使馆监管的正式函件。因此他们处于中间地带，战争和他们——英格丽特和他——无关。

*

为了更为谨慎，他决定和英格丽特举行宗教婚礼。能证明他们非宗教婚姻的只有以“里果太太”命名的假证件。但是没有非宗教婚礼可以举行。宗教婚礼冬天的一个周六在汝安雷班的教堂举办。司铎是看门人的一个朋友，见证人是看门人和市政府那位给他们颁发工作证明的人。喜宴在别墅的客厅举办。看门人到酒窖拿了一瓶香槟，大家碰杯祝贺这对新婚夫妇。里果在自己随身带的其他文件里补充了自己和英格丽特举行了宗教婚礼的证明。

*

他们清醒地坚守着自己看守人的角色，在别墅进行定期清理。做到一尘不染，给家具打蜡上光，洗刷玻璃窗。里果精心保养着摩托艇和滑水橇。美国女人和那位贝比先生如果不是太老的话，会发现它们毫发未损，战后还可以使用。是的，战争会结束。事情不会这样延续下去。一切都会恢复有序。这是自然规律。然而必须要活到那个时候。活着。不要让人家注意到自己。尽最大努力不引人注目。他们决定不再走汝安雷班荒僻的街道。海水浴的时候，不在超过堤坝五十米以外的地方游泳，避免有人从海岸辨认他们的位置。

英格丽特有时间狼吞虎咽地看完了皮埃尔·博努瓦的所有小说，其中红色羊皮封面的版本都摆在格子架上。每一本书的衬页上都为那个美国女人留下了热情洋溢的题词。接下来她攻读了用祖母绿色装订起来的大仲马的作品。她把有些段落读给正在重新油漆玻璃窗阳台的里果听，里果用的是从黑市找到的最后几桶瓷漆牌的油漆。

晚上，他们打开客厅里的大型收音机。每次在同一时间，都有一个金属音质的播音员，以社论的形式播放战争新闻。听到这些，里果深信，战争即将结束。这个声音没有未来，他们只是从他愈来愈带金属特质的声音中猜测端倪。这已经是九泉之下的声音。他们还能稍稍听到一些，战争可能会这样延续，然后会在第二天骤然结束。

冬天的一个晚上，当他们在昏昏暗暗的客厅里听广播的时候，里果问英格丽特：

“这没有让你想起什么吗？”

“没有。”

“这是我们去年天黑时在餐馆碰到的那个红棕色头发周身着装阴暗的家伙的嗓音……我肯定是他……”

“你这么觉得？”

随着战争快要收场，播音员越来越加重语气，铿锵有力地读音，并不停地加以重复。唱片卡壳了。声音远去，淹没在干扰声里，再次消失之前，又有几秒钟清晰地摆脱出了噪音。美军在离别墅几十公里远登陆的那个晚上，英格丽特和里果还是会辨认出那个消失在干扰声里的播音员的金属嗓音。那个声音徒劳地在那里与遮盖它的杂音抗争。那个声音在被淹没之前，会最后一次在一字一句中挣脱，犹如愤怒的呐喊或者求救的呼唤。

*

吃晚饭的时候他们听见了播音员的声音，这个声音对他们来说完全丧失了真实性。它不过是与管弦乐队和当时流行歌曲混杂在一起的背景声音。

日日月月，一季又一季，一年又一年，在一种永恒不变中，单调地过去了。英格丽特和里果已经记不清楚他们在等待什么，应该是战争的结束吧。

有时她想到他们自己，她搅乱了被里果称之为蜜月旅行的说法。十一月的一天晚上，意大利的狙击兵跑步占据了汝安雷班。几个月之后，就是德国人。他们沿海岸线建起了防御工事，在别墅周围试用。必须熄灯装死。

我又一次去欣赏百看不厌的大象。

清风吹来，缓解了炎热。我一直走到动物园的围墙，沿着围墙周围的是凡塞纳树林的一条林荫道，我坐在那里的一条长凳上。高大树木的树叶保护着你。还有一棵高大的五针松树。

我最后躺在了长凳上。我不知道在动物园关门的时候自己要不要起来，或者等到管理员要我离开的时候。我体验了不再返回多狄斯酒店房间的意图，不管怎样，让我从这条可能只属于我的斜坡上溜走：成为一名流浪汉。

我在这儿待着不错。偶尔听到大象的叫声。我的目光没有离开五针松的深绿色枝叶，它在空中衬托出鲜明的轮廓。汝安雷班。我重又找到了那个地方，那是很久以前，我二十一岁的那个夏季。但是我还不知道英格丽特和里果曾经在那里生活过。我头一年夏天认识他们，由于后来再也没见到他们，就把他们忘记了。

是卡瓦诺为了一个爵士音乐节把我拉到汝安雷班的。我们还不大明确自己的探索者使命。卡瓦诺陷入了一位黑人钢琴家姐姐的爱情，还成为另一位音乐家的司机。那位音乐家的名字足以驱散我的沮丧：多多·麻麻罗萨。

我希望这棵沿动物园和圣–芒德边缘生长的五针松是我的说情人，向我传达汝安雷班那年夏天，当我沿着英格丽特和里果的足迹前行时，却不知道那里曾经留有他们的足迹。我们也去游乐场的下面，泡了海水浴。我们从那里看到普罗旺斯饭店在黎明时分凸显出来。我们没有住在那家饭店，而是在一条闹哄哄的街上另一家更为简陋的旅店下榻。

我们只活在夜里。我对白天的汝安雷班没有保留任何记忆。除了瞬时间升起的太阳。在我们周围有那么多面孔混淆在一起，让我简直无法辨认出多多·麻麻罗萨的脸。乐队在松林里演奏，同年夏天，我认识了阿奈特。那时我以为自己很幸福。

我打算每周换一家旅馆，在巴黎周边地区过去经常光顾的旅店里去选择。我打算从多雷门的多狄斯饭店，转移到西蒙-玻利瓦尔大街的菲艾福饭店去。我应该今晚就走，但是还没有要求结账。在各大洲之间走过无数公里路的我，却连乘地铁从多雷门到布特-索蒙都感到畏惧。在多雷门住了一周之后，我害怕到那边产生背井离乡的感觉。也许我明晨才有勇气出发。然而我真害怕在黑夜降临时到达西蒙-玻利瓦尔大街，一下子就与我在这里——多雷门养成的习惯决裂。

于是像以往的日子一样，我走进苏尔特大道的咖啡馆。回饭店以前，我绕着动物园的外围散步，直到那棵五针松下。

我让窗户大大敞开着，关上灯，平躺在床上，双臂交叉，枕在脑后。我依恋上了这个房间，因此犹豫不决是否离开。但是我在考虑另一个解决办法：每天在周边一个不同的城区做一次旅行。然后回到这里。需要的时候，带上行李和关于英格丽特生涯的笔记，偶尔露宿在外。在西蒙-玻利瓦尔大街的菲艾福酒店住一夜。在克里希门附近的古安酒店留一宿……但是人家知道多狄斯酒店是我的固定住处而多雷门的这个街区今后就是我的基地以后，可能会让我预付几个星期的房费。这样我会让提防我的多狄斯酒店老板放心——这是我们在进门的过道相遇时我猜到的——因为我没有惯有的旅客的表情。

是的，偶尔在别的街区过上一夜，幻想着我离开的那个街区。比如在菲艾福酒店，我会像现在一样，躺在自己房间的床上，以为听到了远处动物园大象的叫声。在所有这些地方，都绝不会有人发现我。

*

我错了。昨天，刚到下午，我决定参观老殖民地博物馆。走出酒店，只要穿过喷泉广场就可以到达铁铸的低矮栏杆、阶梯和博物馆建筑的台阶跟前，在入口售票处买票的时候，我觉得在中央大厅的游客和度假的移民群中看到的是本·斯密达纳的影子。我急急忙忙穿过大厅，钻进参观人群，走出来，进入一个三角大厅，在那里可以看到李欧泰元帅的办公室。我身后有个人把手搭在了我的肩头。

“呦，让，你在参观博物馆？”

我转过身。是本·斯密达纳。他朝我笑笑，笑容尴尬。他穿着一件十分优雅的米色夏装和一件天蓝色翻领运动衫。

“多么奇特的巧合，”我用社交口气说道，“没想到在这儿碰到你。”

“我也没想到。我以为你去里约热内卢了。”

“没有没有，你想象的吧。”

我有十多天没和任何人说过话了，我竭尽全力说出这么一句话。我不知道自己是否还能再说一句。我口干舌燥。

“我很清楚你不在里约。”

他显然想让我放松下来，我十分感激他。没必要给他做冗长的解释了。我集中精力终于清晰地说出：

“我去哪儿都厌倦了，即使是里约。”

“我明白。”本·斯密达纳说。

然而我猜他什么都不明白。

“让，我要跟你聊聊。”

他做了一个动作抓住我的手臂，轻轻地把我拽走，好像在怀疑我的反应。

“你好像不大放心，本。你担心我在李欧泰的办公室会有出格的举动？”

“不是，让……”

他朝周围看了看，然后把目光转向我。我认为他在估计，如果我爆发狂怒，怎么用最快的办法把我包裹在游客的人流当中。

“你在多狄斯饭店很爽吧？”

他朝我眨眨眼睛。可能是想诱劝我。可是他怎么知道我住在多狄斯饭店？

“来来，让，我们一定要谈一谈。”

我们来到喷泉广场。

“我们喝一杯？”我问他，“去动物园那家上等咖啡馆？”

“你常来动物园吗？”

我领悟着他的想法。在他看来，我处于不正常的状态。

阳光灼热逼人，我感觉再也没有勇气走到动物园了。

“我认识一家咖啡馆，在街角。没什么人而且十分十分凉爽……”

我们是唯一的顾客。他要了一份意大利浓缩咖啡。

我也是。

“我代阿奈特来看你。”他对我说。

“哦是吗？她怎么样？”

我装出一副漠不关心的样子。

“你该问问我是通过什么方式成功找到你的？这才是。”

他递给我一块揉得皱巴巴纸片，我在上面读到：

古安饭店？拉荣吉尔饭店？吉图兹饭店（贝尔泽留斯街）。

菲艾福饭店。

曙光饭店。

多狄斯饭店？秋海棠饭店（比科普斯街）。

“你把这张纸忘在维隆区的办公室了。阿奈特有一天晚上发现了它。她马上明白了。”

我确实在假装去里约之前潦草留下了这些名字。

“你一到就发现我了吗？”

“不是。有四天了，我在别家旅店转悠过了。”

“我对不住你。”

“阿奈特对我说她认识所有这些旅馆。”

“是的，二十年前，我们常常出入这些地方。”

“她托我把这个交给你。”

信封上写着：烦交让。我发现了我最欣赏妻子的一个优点：她的大而美的不识字人的书写字体。

亲爱的，

我对你厌倦了。卡瓦诺寸步不离我，我只好偷偷寄这封信给你。你可以相信斯密达纳，把给我的音信交给他。我想见你。我争取每天都在维隆区待到七点钟。给我打电话。要不知道你在哪家旅店后，我给你打。我会像很久以前那样，来那里找你。我会背着卡瓦诺这么做的。我不会告诉任何人你还活着。

我爱你，亲爱的。

阿奈特

我把信塞进口袋。

“你有什么音信带给她？”本·斯密达纳问我，面色焦虑。

“没有。”

本·斯密达纳的额头皱起，露出一副认真和天真的表情。

“让，你的态度让我不知所措。”

他似乎渴望弄懂怎么回事，他对我如此尊重——我的年纪毕竟比他大——简直感动了我。

“很简单，我对自己的生活和职业感到厌倦了。”

他品味着我说的话，拼命摇头。

“你有这样的感受，还太年轻，本。在热情和冒险精神中开始，几年之后，这就会成为职业和习惯……我并不想打击你。我真是最后一个能够给你教训的人了。”

“你并不明白，让……我们以为你永远消失了呢……”

他犹豫了片刻，补充说：

“如果你死了……”

“接下来怎样……”

他惊愕地望着我。

“你不知道阿奈特爱你爱到什么程度……当她发现写有旅馆名称的纸片时，她重又感到了生活的味道……”

“那卡瓦诺呢？”

“她嘱托我一定要告诉你，卡瓦诺对她来说不算什么。”

我突然对听到提起我的私生活而反感，看到本·斯密达纳介入这件事感到不舒服。

“在你这个年龄，应该最好是想想你自己和你的未来，本。”

他很惊讶我处于这个境地还在关心他。然而我希望他对我说说他准备到印度洋寻找荷兰武装运金银船只残骸的这次探险，让我分享一下他的梦想和幻觉。

“那么你呢？”他问我，“你打算长期留在这里了？”

他抬起手臂，伤感地指了指咖啡馆玻璃窗后面的苏尔特大道：

“那么，我能不能告诉阿奈特来看看你呢？”

“告诉她不要马上过来……她找不到我……不要把事情搅乱。”

他又一次皱起眉头，和刚才的方式一样认真。他试图弄明白。他不想令我不快。

“让她给我一个电话留言或者偶尔留一两个字。目前这样就足够了。只要一个音信……或者一封信……写到这里，多狄斯酒店……或者菲艾福酒店……或者到别的出现在名单上的酒店……她都认得……”

“我会对她说……”

“至于你，本，不要犹豫来看看我，对我说说你的计划，因为你是唯一的和阿奈特一起知道我还活着的人……可是这些只能在咱们之间知道。”

*

本·斯密达纳离开，朝多美尼尔大街走去，我看到一副对男人来说很罕见的景象：好几位妇女在他走过时都转过了身子。

我再一次剩下孤单单一个人。当然，我期待此后不久就能收到阿奈特的音信。然而我肯定她不会不期而至。她太了解我了。二十年来，她有我这个良师益友，学会了躲藏的艺术，躲避纠缠不清的人或者爽约：最后的自救就是藏进壁橱，跨越窗户，大祸临头时走安全门或工作楼梯，飞快从滚动电梯逆向奔走……我进行的所有长途旅行并不是为了满足好奇心或者探险者的使命，而是为了逃避。我的生活只是一个逃避。阿奈特知道她不该把事情搅乱：稍有惊慌失措，我就可能消失——这次确确实实如此。

然而在以往我们曾经生活过，现在重新找到的地方偶尔收到她的音讯，我会激动。这些地方没有多大变化。我为什么离开住了将近十八年的巴黎市中心，再回到这些边缘地区呢？我在这些小区感到自在，得以歇息。这些街区是避难所，远离市中心的骚乱，是迈向奇遇和陌生世界的跳板。只要穿越一个广场或者走过一条大街巴黎就置于其后了。我体验到在城市边缘，经过这些逃离路线的快感……夜色降临，当路灯照亮尚佩莱门的广场时，未来就在向我招手。

这正是我想努力解释给阿奈特听的，她对我愿意住在那么远的地方感到惊讶。结果她明白了。或者说她好像是明白了。我们在巴黎的大门住过好几家酒店。我把白天都打发在了漫无边际的购物和再买旧书的活动中，但是她挣的钱算是最多的：在L，弗布尔-圣奥诺雷街上一家著名的时装公司做模特，月薪两千法郎。她的同事们都比她年长十五岁，不能原谅她挣到那么多钱。

我记得模特儿的更衣室安置在后院最里面。当女顾客要过来选择衣裙时，阿奈特往往要终日“坚守”。她得躲避别的模特使绊子，抓她一下或者用尖尖的鞋后跟踩她，因为在成套时装里，她总是穿婚纱。

我们在多狄斯酒店住过几个星期，但是一过了那段时间，我就忘记了我们的房号。是我今天住的这间吗？无论如何，我的姿势没变：我躺在床上，双手交叉放在颈下，盯着天花板。晚上，当她“坚守”在时装公司的时候，我就这样等着她。我们进餐馆然后去看电影。我忍不住——我是个无可救药的书记官——列出了一张我们经常出入的酒店的大致名单：

奥尔纳诺 43
夏莱·艾杜瓦
布鲁南-瓦利埃特
尼斯约赛特家
三角洲
座舱
达奴博广场
小方达西欧
风骚酒店
梦卡尔姆影院
阿洛佩

刚才回酒店的时候，我有了进入梦境的感觉。我就要从维隆区醒来。阿奈特还在睡。我好像回到了现实。我突然想起我们该和卡瓦诺、威才尔还有本·斯密达纳共进晚餐。可能快到七月十四了，我们要在阳台上接待我们所有的朋友。这时阿奈特醒了，发现我表情怪异，问我："你做噩梦了？"我向她讲述了一切：假装去了里约，来往于米兰和巴黎之间，像幽灵般拜访了公寓，我感到惊讶的是她和本·斯密达纳关在房间里，自己却在动物园和多雷门附近度过漫长的下午，抱着移动到周边她和我二十年前认识的其他街区的计划，并永远待在那里。阿奈特对我说：

“你做了怪梦，亚诺……”

我夹紧手臂，摇着头，睁大眼睛。可是我醒不过来。我在原位上一动不动，欣赏喷泉涌出来的水和进入老殖民地博物馆的一队队游客。我想走到多美尼尔大街的大咖啡馆去，坐在露台上，和邻座聊天以便驱散这种不真实的感受。可是这样还是加剧了我的不适：要是和不认识的人聊天，他们就用与我的语言不同的语言回应。于是，使用最后求助的办法，我想到从多狄斯酒店我的房间给阿奈特打电话。不行。从二十年前我们也许住过的房间，和她联系不上，联络可能因为这些年代的层层堆积而搅乱。最好到第一家咖啡馆柜台要一枚硬币到电话亭去拨号。我放弃了这么做。在那里我的声音一样特别遥远以至于她无法听到。

我回到酒店。希望发现阿奈特的音信，然而一无所获。于是我琢磨她可能会给我打电话，也只有我房间里的电话铃声才能打断我的梦境。我在床上等待。结果睡着了，扎扎实实做了一个梦：在一个特别炎热的夏季夜晚，我坐在一辆车棚可拆卸的车子里。我觉得司机在那里，却看不清他的脸。我们从巴黎市中心朝意大利门街区开行。天不时地露出亮光，这时我们就不在车子里，我们步行穿过类似威尼斯或阿姆斯特丹的小街。穿过市内一片山峦起伏的草坪。又是黑夜了。车子在奥斯特里茨火车站附近的一条照明很差的空阔林荫道上慢慢行驶。名为奥斯特里茨火车站的名称是在你困倦中伴随你的词汇之一，那些词汇的反响和神秘，到早晨你苏醒时就会烟消云散。我们最后到了一条缓缓下坡的周边大道，在那里看到棕榈树和五针松。高大建筑物的窗口透出几缕光线，接下来经过的是半明半暗的区域。建筑物让位于仓库和一个体育场的围墙……我们进入了一条街道，路边扎着篱笆，铺满树枝叶，掩盖了高出地面的铁轨。在篱笆上还保留着街区的电影广告。我们有多长时间没有再到这附近一带来过了……

*

我有好几天都在守候阿奈特的信息。无济于事。我尽可能不出房间。一天晚上，快到七点钟的时候，我觉得没必要再等下去了。她悄无声息不再让我担心。也许她想让我迈出第一步，但是这不可能，我对自己就像她对我的了解一样清楚。

我走下酒店的楼梯，感觉如释重负。我朝多美尼尔的啤酒店走去，决定改变一下日常习惯，在那儿吃晚餐。我开始想起里果。我早就知道他明天以及其他日子都会不断占据我的头脑。如果他在巴黎生活，只要乘上地铁拜访他一下，甚至在电话机拨号盘上拨八个数字，就可以听到他的声音。然而我并不认为这件事这么容易办到。

吃过晚饭以后，我到啤酒店的电话间去查巴黎的电话簿。标注的时间是八年的。我又一次高度集中地查看着，而第一次我并没有这样查看过姓里果的长长名单。我停在一个姓里果的却没有名字的人身上。苏尔特大道20号，307-75-28。那年的电话号码还只有七位数。307，是过去的多立安呼叫录音标签。我记下了地址和电话号码。

从出现在电话簿页码的其他里果中，因为他们的职业和在巴黎的地址，没有一个在我看来像是那个里果，还有那个简单的标示：里果先生和夫人也不像。引起我注意的是空缺名字的姓和苏尔特大道的这个地址。

我走出啤酒店想步行到苏尔特大道20号去。太阳落山了，但天还是蓝的。我要利用路灯点亮之前这会儿时间，那是一天当中我最喜欢的一段时光。不完全是白天，天还没有全黑。一种暂歇和宁静的感受沁透全身，这是把耳朵伸向从遥远的地方传来回声的时刻。

苏尔特大道的20号在深深地形成一群建筑，抵达那里要从一条侧道进入。我曾担心里果这个名字会不会是个商店的名称，可我没从那些建筑里看到这个地址。房屋的窗口都还没有亮光。我迟迟疑疑，走在这条侧道上，生怕有个住户出来问我在那里干什么。当然，我总可以对他说："我找里果先生。"

我很高兴坐在20号那个高度的长凳上。华灯初上。我目不转睛地盯着房屋的正面和侧道的入口。现在，在二层有一扇窗亮了，由于天热，两扇窗门都打开了。有人住在这个我想象有两个空房间的小公寓里。是里果吗？

我联想年轻时陷入其中的旅行故事，尤其是一个英国人写的情景：当他穿越沙漠的时候，他很清楚自己就是海市蜃楼的牺牲品。在书的封面有一张照片，表现他穿着贝督因人的外套，身边围绕着一群沙漠绿洲的孩子。我真想笑。当你可以在巴黎获得同样体验的时候，干嘛要跑那么老远，坐在苏尔特大道的长凳上？那两扇窗都亮了，我相信里果就在窗子后面，这难道不是和让你在茫茫沙漠中眼花缭乱的海市蜃楼一样绝妙的情景吗？

*

第二天早上，十点钟左右，我又回到苏尔特大道 20 号。我跨过了建筑正面进口，左边，有一小块告示牌挂在看门人住房门的手柄上，那上面写着："请与苏尔特大道 16 号的加油站联系。"

在加油站的加油泵前面，有两个人在谈天，一个穿着蓝色工作裤，另一个穿白衬衫，灰色长裤，前者是卡比尔人的类型，后者白发梳在脑后，蓝色眼睛，脸上长满粉刺，大约七十岁左右，那位卡比尔人呢，比他年轻二十岁。

"您需要什么吗？"

是那位穿蓝色工装裤的卡比尔人在问我。

"我找 20 号的看门人。"

"我就是。"

白发人微微点头，嘴角叼着香烟。

"我只希望了解一个情况……一个姓里果的先生……"

他表现出一刻的思索。

“里果？您希望确切了解他的什么情况？”

他手指间夹着香烟，手臂悬着。

“我想见见他。”

他盯着我的眼神让我感觉很不舒服。那个卡比尔人也用好奇的目光审视我。

“但是他已经永远不再会住在这里了……”

他赐给我一个宽容的微笑，好像只是表达了一个思想。

“那所公寓已经至少有三十年没人住了……我真不知道这位里果先生是否还活着……”

穿蓝色工装裤的卡比尔人好像对里果的命运毫不关心。至少他没有装出心不在焉听我们谈话的样子。

“再说，我更希望什么都不要知道……我感觉公寓就是属于我的……我有钥匙，卫生都由我来打扫……”

“您认识这位里果先生？”我问道，心怦怦在跳。

“是的，您知道我在这里当看门人有多久了？”

他轻轻绷了绷上半身，轮流注视着卡比尔人和我。

“您说个数儿……”

另一个耸耸肩头，我无言以对。

他靠过来，几乎贴近我。

“您认为我多大？”

他一直绷着身体，直视着我。

“您说个数吧……”

“六十岁。”

“我七十五岁了，先生。”

揭开这个数字后，他离开我们，像是查验一下产生的效果。然而卡比尔人不动声色。我努力说出：

“您真显得很年轻……那位里果，您什么时候认识他的？”

“一九四二年。”

“他独自一人住这里？”

“不，和一个年轻姑娘。”

“我很想参观一下那所公寓。”

“您对那公寓感兴趣？”

“这真是个巧合。我以为有位里果先生在这里租了一套公寓……我可能在报纸的公告栏上读错了名字和地址。”

“您想在这个街区租一个公寓吗？”

“是的。”

“那么里果的那一套您感兴趣吗？”

“为什么不呢？”

“您租住到二月份吗？我不能让您租太短的时间……我都是至少出租六个月……”

“那就到二月份吧。”

“您答应立即付我钱吗？”

“好的。”

穿蓝色工装裤的卡比尔人，递给我一包香烟后，自己点燃了一根。他漫不经心地听我们谈话。也许他很长时间以来就习惯了关于出租里果那套公寓的讨论。

“我要现金，当然……您打算付多少？”

“照您希望的付。”我对他说。

他眨眨蓝眼睛。双手抓着衬衫衣领卷边：

“您说个数吧……”

*

公寓位于楼房正面朝向的三层，窗户面向苏尔特大道。一条走道通向厨房，在厨房的一角安置了一个淋雨设备，还通向一个小空房间，那里的金属百叶窗紧闭，最后通向被人称作最里间的房间，比较宽敞，有两张床用铜棒支撑着，靠得很近。靠床对面的那面墙，立着一个带镜子的橱柜。

看门人关闭了入口的门，就剩下我一个人了。他建议晚点再回来，好给我一盏油灯，因为停电很久了，电话也一样不通。然而他会在尽量短的期限内将它们恢复起来。

热气闷人，我打开了窗子。马路上车水马龙的噪音和照亮房间的阳光将这座公寓照进了现实。我的手肘支撑在窗前。底下的汽车、卡车停在红灯前。苏尔特大道与里果和英格丽特以前熟悉的那条大道完全不同，然而相同的是夏季的夜晚和星期天空阔无人的时候。可是我肯定他们去汝安雷班以前，在这里住过一段时间。我最后一次在巴黎见到英格丽特单独一个人的时候，她曾经暗示过这里。我们曾经谈到当时我经常来的这些周边街区——我感觉她问过我住在哪里——她也对我说过，她很熟悉这些地方，因为她和父亲在这里生活过，在布特-索蒙附近的阿特拉斯街。甚至和里果在一起住过一套小公寓。她弄错了地址。跟我说的是达夫特大道而不是苏尔特大道。

我一扇扇打开了柜门，里面只剩下空架子。反射在镜面上的阳光让我眯起眼睛。墙壁上什么都没有，米黄色的油漆斑斑脱落，只有床头顶上的一块标记表明曾经有一幅画或者一面镜子悬挂在那里。在床的每一侧都有一张床头柜，上面铺着一块大理石板，和酒店房间里的一样。窗帘是紫红色的。

我想打开其中一个床头柜的抽屉，可是抽屉打不开。

我用维隆区我公寓的钥匙奋力转开了锁孔。抽屉里放着一个栗色的旧信封。邮票上标明“法国”。地址是用蓝墨水写的：巴黎八区提尔西提街3号，里果先生。但是这个地址被划掉，加上了黑墨水字体：巴黎十二区，苏尔特大道20号。信封里装着一页打字纸。

告住户

目前位于提尔西提街3号的用于连档住房的私人酒店，近日将公开出售。

为广而告知，住户们可咨询诉讼代理人吉利夫人，地址：马莱谢博大街78号和地产管理处，巴黎银行街9号。

一九四二年一月十八日

我似乎又陷入了梦境。我触摸着信封，反复阅读地址，长时间把目光停留在那个名字上：里果，那几个字母始终是那几个。然后我走到窗口查看是否一直有车辆顺苏尔特大道，就是当今的车辆和眼下的苏尔特大道行走。我很想给阿奈特打个电话听听她的声音。拿下话筒的那一瞬，我才想起线路不通。

两张床都铺着同样的苏格兰格子毛毯。我坐在一张床的一头，面对窗户。手上拿着那封信。是的，英格丽特没有对我说错。但是人们往往想象的是某个人和你说起过的地点和情境以及在此加上的其他细节。这个信封也一样。现实当中存在这个信封吗？也许这只是构成我梦想的一个物质？无论如何，提尔西提街3号曾经是里果母亲的家，也是里果认识英格丽特的时候居住的地方：她曾对我说过里果把她带到这座他独自一人居住的公寓时的惊讶，那还不过是几个星期的时间；古老的家具、不忍迈步踩踏的地毯、油画、枝形吊灯、细木护壁装饰、丝绸窗帘和冬天的花园都让她产生了安全感……

因为宵禁，他们不敢在客厅里点灯。他们在一扇落地窗前待了几个时辰，观赏凯旋门那个比夜色还要阴暗的高大痕迹，而广场则被白雪打扮得荧光粼粼。

*

“您睡了吗？”

他手持一盏油灯走进房间，我没听到他进来。天色暗下来了，我躺在了床上。

他把灯放在床头柜上。

“您这就住进公寓吗？”

“我还不知道。”

“您想要的话，我给您两张床单。”

油灯把倒影打在了墙壁上。我本以为如果只身一人，我的梦还可以继续。但是这个人的出现让我感觉到真实。他的嗓音回荡，十分清晰。我立起身子。

“您的被盖已经有了……”

他给我指了指铺在床上的苏格兰毛毯。

“它们是里果先生的吗？”我问。

“当然，除了床和衣柜，那是留在这里的唯一物件。”

“那他是和一个女人住在此地的吗？”

“是的，我记得第一次对巴黎轰炸时，他们就住这儿……他们两个都不愿意下地窖……”

他走到我身边，在窗台上撑起手臂。苏尔特大道空旷无人，吹起了风。

“从下星期一起您就可以打电话了……还好水没断，我让人把厨房里的淋浴器修好了。”

“是您在维护这所公寓吗？”

“是，我偶尔出租赚点儿零花钱。”

他大大地吸了一口烟。

“要是里果先生回来了呢?”我问他。

他思索着，看着下面的大街。

“战后我觉得他们住在了南方……他们很少来巴黎……之后她可能离开他了……他只是一个人……在十多年时间里我还偶尔能见到他。他在这里临时住几天……来拿信……再后来，我就见不到他了……我不认为他还会来。”

他说到最后一句话的沉重口气让我震惊。他盯住大街另一端的一个点。

“人们都不来了。您没发现吗，先生?”

“看到了。”

我很想问问他听到了相关的什么事情，但是我改变了主意。

“对了，告诉我您还需要床单吗?”

“我还没打算在这儿过夜。我的全部物品都在多狄斯饭店呢。”

“如果您明天要找人帮您搬家，我和我的汽车维修同行都在。”

“我几乎没什么行李。”

“淋浴设备很好，可是没有肥皂。我一会给您拿上去。还有牙膏……”

“不不，我还要在饭店住一晚呢……”

“随您喜欢，先生。我该把钥匙给您。”

他从裤袋里拿出一个黄色的小钥匙交给我。

“别丢了。”

这是不是很久以前英格丽特和里果使用过的同一把钥匙呢？

“现在，我要走了。我要守在加油站帮助我的朋友。您可以在那儿找到我……”

他生硬地握握我的手。

“我把油灯留给您。不用陪我。我会在黑夜里走过去。”

他轻轻关上了身后的房间门。我看他走出大楼，压低脚步声，缓慢地朝加油站走去。我刚才注意到他穿的是便鞋，他的白衬衫和米色裤子更像是他在夜间洗海水浴的样子。

他找到穿蓝色工作裤的卡比尔人，两人坐在靠近加油泵的椅子上。他们要静静地吸烟。我也在吸烟。我灭掉油灯，淡红色的香烟头反射在衣柜的镜子里。

可能还会有一些像那样美好的夜晚，把椅子放到人行道上享受清凉。我要在第一次落叶前利用这个暂歇期。

*

那年的同一时段，七月底的一个晚上，我最后一次遇到英格丽特。我陪卡瓦诺到残废军人院火车站。他飞往巴西，我应该在一个月后在那里和他会合。我们开始行使探险家的职业，然而从不可能预计有一天我会假装去同一个国家，然后竟然跑到十二区的一家酒店躲起来。

他上了去奥利机场的大巴，剩下我一个人，不知道晚上做些什么。阿奈特到哥本哈根父母家待几天。那时候我们住在蒙马特探险家俱乐部大楼的一个房间里。我不想立刻回到那儿去，因为天色还亮。

我偶然走到一个不熟悉的街区。我闭上眼睛，想重新设立一条要走的路线。我穿过广场，绕着残废军人院行走，走到一个似乎对我来说是倒退了多少年，比上个星期天的苏尔特大道还要荒僻的地方。宽阔的林荫大道，绿树成荫。落日的光线停留在大楼的上方。

有一个人走在我前面十来米的地方。沿军事学院这条大街的人行道上没有其他人。这所学校的墙壁给这个街区留下了遥远格外古老的设防城市的表象，那个妇女的影子穿过城市，前行的步履迟疑，好像喝醉了似的……

我终于追上她，当我到达她的跟前偷偷瞄到她的时候，一眼就认出了她。当我第一次在南部遇到她和里果两人到现在，正好三年……她一点都没注意到我，继续走她的路，两眼无神，步履不定，我不知道她是否真清楚自己要去哪里。她可能在这个街区沿着笔直的林荫大道迷了路，这些路好像都在徒劳无益地寻找一个定位点，一辆的士，或者一个地铁站。

我靠近她，但是她还没有发现我的出现。我们肩并肩走了一会儿，我不敢开口和她说话。结果她朝我转过头。

“我觉得咱们认识。”我说道。

我感觉她奋力挣扎了一下。这应该是在同一种情况下：当电话铃声打破你的睡眠时，你必须嗓音清楚地面对你的对话者。

“我们认识吗？”

她皱皱眉头，用她灰色的眼睛注视着我。

“在圣-拉法埃尔公路上，您让我上过您的车……我拦您的车搭乘……”

“在圣-拉法埃尔公路……？”

她就像从深处渐渐浮上了水面。

“是呀……我还记得……您把我带到庞普罗那海滩附近您的别墅……”

我记得帮她站稳了脚跟。她微微笑了笑。

“可不……离那时候没有多长时间……”

“三年吧。”

“三年……我还以为没那么长时间呢……”

我们两个停在人行道中间，面对面，没有动。我找话把她稳住。她想跟我寒暄一句之后打算继续赶路。她打破了寂静：

“您七月份都待在巴黎吗？您不出门度假？”

“不。”

“您不拦车搭乘啦？”

一个讥讽的表情闪过她的眼睛。

“您要在这儿拦车，不会有很多顾客……”

她给我指了指面对我们的大街。

“这儿没什么人……”

我可能是几天以来她第一个对话的人。我似乎觉得虽然有二十岁的差异，她今晚在苏尔特大道，仍处在和我一样的境地。

“您也许能帮我穿过这个荒僻的地方。”她对我说道。

她朝我笑笑，步伐比刚才坚定了。

“您的先生还好吧？”

这句话一出口，我就感觉荒唐。

“他在旅行……”

她干巴巴地回答了我，我明白我再也不该触及这个话题。

“我离开南方了……我在这个区已经住好几个月了……”

她抬起眼看着我，我不安地看着她灰色的眼睛。然后她对我表示了亲切和好奇。

“您呢？您熟悉这个街区吗？”

“不大熟。”

“那我们就差不多了。”

“您住在附近吗？”

“是的，在一座办公大楼的最高层……视野不错，但是在那个房子里太安静了……”

“我耽误您了……”她对我说，“您也许还有事要办……？”

“没什么。”

“我邀请您在我家吃晚饭，可是我没什么吃的。”

她迟疑了一下。皱起眉头。

“我们也许可以试着找一家咖啡馆或者没打烊的餐

馆……”

她直勾勾地看着前面空无一人的大街，一排排的树木，一望无际，树叶形成了阴影，即便是在太阳落山以后。

*

卡瓦诺很多年以后，在这个区租了一座小型公寓，现在还住在那里。今天晚上他说不定和阿奈特在一起。在两件充斥黑人和大西洋面具的房间里，肯定很热，阿奈特出去透透气。她沿着杜凯纳大道行走。她不可能不想到我，她觉得想要来多雷门找我，轰炸时期英格丽特和里果在那里住过。因此我们总是在不同时间在相同的地方闲逛，尽管时隔多年后，我们终究会相遇。

劳温达尔大街有一家餐馆开着，离可能住着卡瓦诺的大楼有一百来米。从那以后，我经常经过那家餐馆，因为卡瓦诺的关系，我也熟悉了那个街区，我每次都找到了在英格丽特身边的同样感觉，那个晚上，我觉得自己在不是巴黎的另一座城市，然而却是一座不知名的城市。

*

“这个位置不错……”

她自作主张，给我指了指其中一张桌子，这让我吃惊。我记得看见她一个人的背影时，在人行道上迟疑的步履。

这是一家酒店的餐馆。几个日本人直愣愣地带着行李，在接待走廊的中间等候。大厅装饰绝对现代化：天然漆的墙壁、玻璃桌子、软皮垫长凳、顶篷上的小聚光灯。我们面对面，在她坐的长凳后面，闪闪发光的鱼儿在一个大鱼缸里转来转去。

她查看着菜单。

“您该多吃一点……在您这个年龄需要长力气……”

“您也一样。”我对她说。

“不，我不饿。”

她为我点了第一道菜和主菜，给自己要了一份蔬菜沙拉。

“您喝点什么吗？”她问。

“不。”

“您不喝烧酒？我能不能喝点？”

她送给我一道惶恐的目光，好像我不会允许她喝似的。

“您喝吧。”我对她说。

她朝餐馆老板抬起头。

“嗯……来杯啤酒……”

我觉得她好像突然决定做一件丢脸或被禁止的事情一样。

“这让我避免去喝威士忌或其他烧酒……我还是喝点啤酒吧……”

她强装笑容。我感觉到她面对我感受的尴尬。

“我不知道您怎么想，”她对我说，“但是我总发觉这不是给女人喝的饮料……”

这一次，她的眼神表现出更多的是绝望，而不是惶恐。而我如此惊异，简直无从找到一句安慰的话。我结果冒出一句：

“我想您是弄错了……我认识不少女人都喝啤酒……”

“哦是吗？您认识很多这样的女人？”

她的微笑和目光令我放下心来：刚才当我在人行道上无意撞见她时，我还不知道她和蓝色海岸的那个人是不是同一个呢。不，三年来她确实没变。

“跟我说说您生活中干得漂亮的事儿。”她对我说。

生菜和啤酒都上来了，她喝了几口，但是生菜却一动未动。我想象她独自一人在自己的房间里，面对同样的碟子和同样的一杯啤酒，在这个我当时还不了解的深沉寂静中，却让我在今天感到如此亲切。

*

我没有跟她叙述我干得“漂亮”的什么大事儿。只是简单暗示了一下我作为探险者的使命和下一次到巴西去的事。她也向我坦言在里约热内卢待过几天。那时候她的年龄和我差不多，住在美国。

我向她提问题，但是还不知道她为什么回答了这么多细节。我深感她对自己不那么满意，也没有谈论自己的任何特别兴趣。她揣测使我感兴趣的事，因为她好像好几次提到，“不想让我把整个晚上都浪费掉”。

有时也会出现这样的情况，一个晚上，由于某个人专注的目光，你会感受到有必要向他传递的不是自身的经验，只是不协调的某些细节，它们被一条看不见的线贯穿着，这条线处处有被割断的危险，人们则称之为生命的进程。

*

她说话的时候，她身后的金鱼偶尔会把它们的头贴在鱼缸的玻璃上。然后它们继续坚持不懈地在被一盏聚光灯照亮的蓝色水中打转。天花板上的小聚光灯被关掉了，这让我们知道很晚了，我们该走了。只有鱼缸的聚光灯还在。

凌晨一点钟时，大街的人行道，深深陷入沉寂，只听到树叶在深夜的呼吸声，沙沙作响。她抓住我的手臂：

“您陪我走到家吧。”

这一次她在寻找依靠。再也不像我们从教堂街下来的那个晚上，那个晚上，我人生第一次有了处在某个人保护下的感觉。然而没走出几步，又是她在引导我了。

我们到达一座玻璃窗洞高大黑暗的房子。其中只有最高层的两个亮着灯。

“我总让灯亮着，”她对我说，“这样更保险一点。”

她笑笑。情绪十分放松。但是给我的感觉好像只是轻松地拿着什么东西，让我放心似的。大街的这部分没种树，但是沿途都是和她住的那栋类似的房子，玻璃窗洞都没有亮灯。我去卡瓦诺家探望的时候，都不可能不经过那里。我不再像是待在巴黎，这条街不知通到了什么地方。也许不如说，它只是通向陌生之地的过度区域。

“我应该把我的电话号码给您……”她在自己的手袋里翻找，但是没有笔。

“您可以跟我说……我记得住……”

回到蒙马特探险家俱乐部楼房我的房间时，我写下了号码。后来的几天时间里，我好几次试图和她通电话。没有人应答。我最后寻思，我没有准确记住电话号码。

在能够通车辆的大门门洞——大门是黑铁铸的，有不透亮的玻璃窗——她转过身，灰色的目光停在我身上。她微微抬起手臂，用指尖摸摸我的额角和面颊，好像在最后一次探讨接触。然后她放下手臂，大门关上了。这只手臂猛然放下，大门关门时的金属声响，都让我预感到，在人生的某一时刻，会出现心跳停止的瞬间。

我拿起床头柜上的油灯，再次搜索了镜柜内部。什么也没有了。我把给里果的信封塞进口袋，原来的地址是提尔西提街3号，后来跟踪寄到苏尔特大道20号。然后，我手持油灯，走到走廊，进入了公寓的另一个房间。

我打开金属百叶窗，费了很大气力把窗扇合起来，因为都锈住了。我不需要油灯的光线了：一盏街灯正对着窗户，给房间照进了一缕白光。

左手有一个小壁橱。高层空着，靠着隔板放着一双老式的滑雪板。壁橱下面有一个发泡手提箱。里面装着一双溜冰鞋和从一本画报上撕下来的一页纸，我在上面看出了几张照片。我拿起那张冰冷的纸页，借着街灯的光亮，读到了照片周围的文章：

梅热福没有荒芜。成为某些年轻人军旅生活的休闲之地，为其他人返回军队之前提供最后的度假之地。

我在其中的两张照片上认出了二十岁的里果。一张是他在跑道上准备出发，倚靠在滑雪棒上；另一张是在山区木屋的阳台上，和一位女士及一位戴大墨镜的男士在一起。在最后一张照片下面，写着这么几个字：艾杜瓦·布岱女士，一九三九年大学生滑雪冠军 P. 里果和安迪·昂比里克。在艾杜瓦·布岱女士的脸上用铅笔画上了小胡子，我肯定是里果自己画上去的。

我想象他从自己家，提尔西提街，把滑雪板、鞋子、标明荒唐战争日期的豪华杂志的一页纸运到了苏尔特大道。一天晚上，在他和英格丽特躲藏的房间里——就是第一次轰炸巴黎，他们两个谁也没有躲进地窖的那个晚上——他一定惊异万分地欣赏了这些工具，像是欣赏以往生活的珍贵纪念物——一个优秀年轻人的生活。他成长到二十岁一直属于他的世界似乎离他那么遥远，那么微不足道，以至于等到轰炸结束后，他竟随意用铅笔给这位布岱女士画上了胡须。

*

关上公寓大门之前，我检查了一下，看门人给我的黄色门钥匙是否一直在口袋里。然后我下楼梯进入了昏暗的环境，因为我没有找到定时开关的按钮。

在外面的林荫道上，夜间比平时要凉爽一些。在加油站前面，穿蓝色工装裤的卡比尔人坐在一张椅子上吸烟。他朝我挥了挥手臂。

“您一个人？”我问他。

“他去睡了。他一会儿替换我。”

“您整个夜晚工作？”

“整夜。”

“夏天也是？”

“是的，这对我没影响。我不喜欢睡觉。”

“如果您需要我，”我对他说，“您愿意的时候，我可以替您。现在我住这个街区，没什么其他事做。”

我坐到他对面的椅子上。

“您想来点儿咖啡吗？”

“很乐意。”

他走进加油站办公室，回来时手里端着两杯咖啡。

“我放了一块糖。没问题吧？”

我们现在坐上椅子，小口小口地喝着咖啡。

“您对公寓满意吗？”

“很满意。”我对他说。

“我也是，我把它租给过我的朋友三个月，在他没有在某处找到一个单间以前。”

“那公寓就像现在一样空着啦？”

“只在壁橱里留了一副旧滑雪板。”

“它们一直放在那儿，”我对他说，“您的朋友没想过找找原来的主人吗？”

“您知道，他也许死了。”

他把咖啡碟子放在脚边的人行道上。

“他如果没死，可能怎么也要有些消息。”我说。

他耸耸肩，朝我笑笑。我们有一会儿沉默无语。他像是在思考。

“不管怎么说吧，”他说道，“这个男人应该是喜欢冬季运动的……”

*

回到饭店以后，我打开衬衫，里面包裹着我关于英格丽特生活的记录，我加进了从杂志里撕下的那一页和给里果的那个信封。是的，提尔西提街 3 号，就是保尔·里果太太的家。我在一本旧电话簿核实了这个地址以后，就把它写在了一张纸上。在英格丽特和里果住在提尔西提街的几天里，巴黎下雪了，他们就没有离开公寓。他们透过客厅的高大玻璃窗观赏雪景，大雪覆盖了广场和周围的大道，给城市无声无息地，轻轻地包裹上一层催人入眠的白布。

*

我睡到快中午才醒过来，我还是希望在今天天黑之前收到阿奈特的一个信息或者一个电话。我到喷泉广场另一边的咖啡店吃了早餐。回来时，我告诉老板我要在这个房间待到傍晚，让他在我妻子给我打电话时，不要忘记找我。

我拉开两扇窗门。这是夏日阳光灿烂的一天。不再像前些日子的三伏天了。一群孩子在辅导员的带领下朝老殖民地博物馆走去。他们停在了冰激凌小贩的周围。喷泉的水在阳光下闪闪发光。在七月这个宁静的下午，走出去我没感到有任何困难，在此时直到英格丽特第一次碰到里果那个遥远的冬季都是如此。季节与季节之间，过去和现实之间再也没有什么界限。

*

那是十一月份的最后几天。她和往常一样，傍晚离开了沙特莱舞蹈学校的课程。她没有更多时间到秋季开始他们下榻的奥尔纳诺旅店去看父亲：那一天的整个街区的宵禁会从六点钟开始：因为前一天在尚皮奥奈街发生了一起谋杀德国士兵的事件。

她与几个同学在过去的整整一个星期都在沙特莱的舞台表演《维也纳的华尔兹》，挣到了人生的第一桶金。艺术家的五十法郎报酬。夜色已降临，她穿过广场朝地铁口走去。为什么那天晚上，重新见到父亲的感觉会被沮丧征服？汝甘医生到蒙博利埃安家了，再也不可能像那以前在自己开的欧特伊诊所雇用父亲那样帮助他。医生向父亲建议到蒙博利埃那个自由区域去找他，但是要跨过界线必须造假……当然医生把她父亲推荐给了欧特伊诊所的其他人，但是这些人没有汝甘医生的宽容和勇气：他们害怕人家发现这是一个奥地利人，被清查出是犹太人在他们的诊所打黑工……

她在地铁车厢里被挤来挤去。今天比平时人多，大约因为晚上六点钟要宵禁。在斯特拉斯堡-圣德尼那一站，上了那么多人，连车门都关不上了。她本可以用出演《维也纳的华尔兹》挣来的五十法郎去乘出租自行车，或者出租马车。在到奥尔纳诺街那条路的时间里，她想象战争已经结束，正在比现在更为幸福的时刻穿越另一座城市，比如说，参演《维也纳的华尔兹》的那个时刻。

*

她没有像往常那样下桑普隆街，而是走了巴尔贝-罗什舒瓦尔街。现在是五点半。她更喜欢在自由自在的空气中走回旅馆。

一队队的德国士兵和法国警察把持在巴尔贝街口，像是站在边界哨所。她估计自己如果在他们回到十八区以后走那条大街，边界会永远对她封闭。

她沿着的罗什舒瓦尔大道左侧的人行道走着，那是九区的一条街。她不时地看看对面的人行道，那是宵禁的界限。尽管哨子吹响的时辰还没到，那里已经十分黑暗：如果她不从这里穿过那边，还有十五分钟界限就要封闭，她就再也不可能在旅馆见到父亲。街区的地铁站也要在六点钟关门。比加尔广场是另一个边界岗哨。德国士兵围着一辆卡车。然而她在原来的沿克里希大道的人行道，径直朝前走去。还有十多分钟就可以到布朗士广场。她在那里停留了片刻，准备穿越广场和界限，她往前走了两三步又停了下来。她又退回到布朗士广场的挨着第九区的人行道。还有五分多钟。不该向混乱让步，让自己在黑暗中向往延伸在另一边的黑暗。应该坚持在第九区的人行道上往前走。她走了百步来到棕榈咖啡馆和布朗士广场面前。她尽力什么也不想，尤其是父亲。她数着：二十三，二十四，二十六，二十七……六点钟到了。六点零五分，六点十分。好了，时间到了。

*

她应该继续在同一条人行道上笔直往前走，避免看另一边，那个区域的宵禁已经开始了。她加快步伐，像是走在一条狭窄的小桥上，她每时每刻都在担心会翻落到虚无之中。她擦过大楼的门面，汝尔-费里中学的围墙，去年她还去那里上学呢。

现在她穿越了克里希广场，终于转到十八区的背后，把这个永远处于宵禁的街区甩在了身后，好像及时从要沉没的大船上跳了下来。她不愿意去想父亲的事，因为她感觉离那个任何人都不能再出门的黑暗安静的区域还很近。她在这个合理的事实中得以自救。

她不再有这种窒息的感觉了，在地铁和刚才的巴尔贝-罗什舒瓦尔的交叉路口看到一队队士兵和警察的时候，她都被这种感觉占据着。她似乎觉得面对她的大街是森林中的一条大路，一直通向遥远的西部大海，浪花已经随风扑面吹来。

*

到达星形广场的时候，开始下雨了。她躲进了接近提尔西提街的一座门廊下面。在隔壁大楼的底层，有一座名为“约会”的茶馆。她进去以前犹豫了很久，因为自己穿着运动外套和旧套衫。

她坐在靠里面的一张桌子边上。那天晚上顾客不多。她吃了一惊：那边那位弹钢琴的，正在弹奏《维也纳的华尔兹》里的一首曲子。一位女服务员给她端来一杯巧克力和一块杏仁饼，用奇怪的表情望着她。她马上意识到自己是否有坐在这里的权利。也许这个茶馆禁止“无人陪伴的未成年人”进入。为什么这个说法会进入她的头脑呢？无人陪伴的未成年人。她十六岁了可是长相像是二十岁的。她试着咬了一口杏仁饼但是很硬，巧克力颜色很淡，简直成了淡紫色。真没有一点巧克力的味道。她在《维也纳的华尔兹》里扮演角色挣的五十法郎够付账吗？

茶馆关门的时候，她就要淋着雨待在外面了。她必须找个地方躲到半夜。是不是在宵禁以后呢？她感到一阵恐慌。当她掠过墙壁躲避那边晚间六点钟的宵禁时，并没有想到这些。在她坐的桌子旁边的那张桌子边，她注意到两个年轻人。一个穿浅灰色外衣，面色红润，与犀利的目光，冷酷的薄嘴唇形成对比。形成他目光冷峻而凝滞的原因，是他右眼上的一个巨大瘢痕。金色的头发梳拢在后面。另一位有棕色头发，穿着一件旧苏格兰格呢外套。他们低声交谈着。她的目光与棕色头发的目光相遇。另一位迅速打开一个金色盒子包装的香烟，把一支香烟放到嘴巴上，用一个和香烟盒一样的金色打火机把烟点燃。他好像在向棕色头发的那位解释着什么。有时他提高了声调，但是钢琴的声音压倒了他说话的声音。棕色头发的听他说着，不时表示同意。她再一次与他的目光相遇，他朝她笑了笑。

*

穿浅灰色外套的金发男漫不经心，向棕色头发的那位挥了挥手臂，表示告别，然后走出茶馆。另一位一个人坐在那里。钢琴师一直在弹奏《维也纳的华尔兹》里的曲子。她担心打烊的时间快到了。

她周围的一切都摇曳不定。她努力抑制神经的颤动。她的手指紧紧抓着桌沿，眼睛盯着巧克力杯和咽不下去的杏仁饼。

棕色头发的那个人起身走近她。

“您的神情好像感觉不太好……”

他帮她站起来。他们走到外面在雨中走了几步，她感觉好多了。他用手臂扶着她。

“我没回家……在十八区……因为宵禁……”

她很快说出这几句话，如释重负。她开始哭起来。他抓住她的手臂。

“我就住在附近……您可以来我家……”

他们沿着街道的弧线走着。天色和刚才她在宵禁的边缘和眩晕抗争，尽量不离开九区的人行道时一样漆黑。他们走过一条大街，路灯射出微微的蓝色亮光。

“您在生活中干出了什么精彩的事？”

他语调亲切地提出这个问题，让她产生信赖感。她停止哭泣，可是感觉眼泪已经流到了下巴。

“跳舞。”

*

当他们穿过栏杆，走过星形广场边一家特别大的饭店的院落时，她惊恐万分。他在三层楼上打开一个入口的门，让她走在前面。

电灯和枝形吊灯齐放光芒。窗帘关闭，用来遮挡光线。她这辈子从来没见过这么宽敞高大的房间。他们穿过前厅然后走到一个房间，那里的墙壁被旧书架遮挡着。客厅壁炉中的一堆柴火燃烧殆尽。柴垛几乎烧光。他跟她说脱掉大衣，坐到长沙发上。客厅深处有一个高大的圆顶玻璃建筑，里面掩藏着一个冬季的花园。

“您可以给家里打个电话。”

他把电话拿到她身边的长沙发上。她犹豫了片刻。您可以给家里打电话。号码她记得很清楚：蒙马特 33-83号，旅店一楼，有咖啡馆的那个号牌。老板会接听，除非因为宵禁关门了。她的手指犹豫不定，拨打了号码。他俯向壁炉，拿火钩拨动了柴堆。

“您能不能给泰森医生留个话儿呀？”

她被迫重复了好几次这个名字。

“住在饭店的那位医生……是的……是他女儿打给他

的……请转告他一切都好……”

她很快挂断了电话。他走过来坐在长沙发上，她的旁边。

“您住在旅店？”

“是的，和父亲住在一起。”

他们的两个房间可能宽绰地位于客厅一角。她又看到了饭店的入口螺旋状楼梯铺着红色地毯，陡峭盘旋，直通二楼。靠右侧的走廊里，是3号和5号房间。她现在待的这个客厅，挂着丝绸窗帘，装饰着细木护板、枝形吊灯、油画和冬季花园……她不知道自己是否在同一座城市，或者是在做梦，就像刚才在地铁，她想象自己坐马车回奥尔纳诺的样子。然而，从这里到奥尔纳诺大街，不过就十多站地铁。

“您呢？您一个人住这里？”

“是的。”

他忧伤地耸耸肩，像是在表示歉意。

某些东西让她突然产生了信任感。她刚刚看到的苏格兰格呢外套，在他做出猛然举动从长沙发上拿开电话时，内里是撕开的。还有他那双大鞋，一只鞋上甚至没有鞋带。

*

他们一起在公寓最里面的厨房吃了晚餐。但是并没有什么大餐可吃。然后他们回到客厅，他对她说：

“您就留在这里睡吧。”

他把她带到隔壁的房间。在枝形吊灯特别明亮的灯光下，矗立着一张戴顶罩的床，华盖是丝织的，木床有雕花装饰。

“这是我母亲的房间……”

他发现她因为这张床露出惊讶的表情，而这个房间几乎和客厅一样大。

“她不住这里了吗？”

“她死了。”

这个粗暴的回答令她困惑。他对她笑了笑。

“我没有父母已经很长时间了。”

他围着房间走着，好像在查看地方。

“我认为您在这里不会感觉太舒服……您最好睡到图书室去……”

她低下头，无法把目光从这只没有鞋带的鞋子上离开，这只鞋和有华盖的床，枝形吊灯，细木护墙板和丝绸形成了十分强烈的对比。

*

在刚才他们经过的，走过前厅以后的那个墙壁被书籍覆盖的房间里，他给她指了指沙发床：

“我要把床单给您。”

床单是细布的，天然粉色，镶着花边。他还拿来了一床苏格兰羊毛被和一个没有枕套的小枕头。

“我能找到的都在这儿了。”

他露出抱歉的神态。

她帮他理好床铺。

“我希望您不会冷……他们把暖气关了……”

她坐在了长沙发边，他则坐在图书室角落里的一张旧皮扶手椅上。

“这么说，您是个舞蹈家了？”

他不像是真相信的样子。用打趣的眼神盯着她。

“是呀。在沙特莱跳舞。我被安排在《维也纳的华尔兹》里。”

她采用了一种高傲的语调。

“我从未去过沙特莱……不过我会去看您……”

“不幸的是，我不知道我是不是还能工作……”

“为什么？”

“因为父亲和我，我们遇到了麻烦。”

*

她迟疑是否要把自己处境的隐情告诉他，然而苏格兰格呢外套撕裂的衬里和没有鞋带的鞋子鼓舞了她。以后他说话经常用不符合这所公寓豪华高雅的隐语。简直到了引起她对他疑惑是否真住在这里的地步。但是在一个书架上，有一张显得他特别年轻的照片，还陪伴着一位大约是他母亲的十分优雅的妇女。

他走到她跟前致送晚安，还对她说，明天用早餐时，她可以喝到真正的咖啡。现在她单独一人待在这个房间里了，很惊异自己会坐在这张沙发床上。她没有关灯。如果感觉困意来了，她会灭掉，但不是马上。由于今晚在十八区的宵禁，她害怕黑暗，黑暗让她想到了父亲和奥尔纳诺大街的旅店。浏览书架，欣赏独脚小圆桌上乳白色的台灯，丝织窗帘，窗边路易十五世的大办公桌，感觉皮肤上薄布床单的新鲜气息和轻柔，是多么心安理得的事情啊……她并没有告诉他实情。首先她自称十九岁。另外，她并不是沙特莱真正的舞蹈家。后来，她向他解释说父亲是战前移民到法国的奥地利人，在欧特伊诊所工作。她没有涉及问题的实质。她补充说，他们两个临时住在这家旅店，因为父亲正在找一家公寓。她没有向他承认自己很乐意在这里度过宵禁时间，好不用回到奥尔纳诺大街。在其他时间里，不会有人太在意她的举动，作为一个她那个年纪的女孩子似乎很平常，只是简单地被称为“出走”而已。

*

第二天，她没有回奥尔纳诺大街的旅店。她又给蒙马特 33-83 号打了电话。是以泰森医生的名义打的。必须给泰森医生留个话。“您告诉他不必担心。”然而咖啡馆和旅店的老板回答说她父亲在等这个电话，他马上去房间叫他。于是，她挂断了电话。

又一天过去了。然后又是一天。她和里果，他们再也没有走出公寓，除了到附近阿麦耶街上的一家黑市商场的餐馆用晚餐。他们参加了香榭丽舍大街的一次电影场景拍摄。电影名称是《牵引》。又有几天过去了，她再也没有给蒙马特 33-83 号打电话。十二月份，冬天开始了。又发生了谋杀事件，这一次，整整一个星期，宵禁从晚上五点三十分就强行开始了，整座城市都陷入了黑暗、寒冷和寂静。必须蜷缩在尽量不动作和等待的地方。她再也不愿意离开里果，奥尔纳诺大街似乎对她来说如此遥远……

*

一周宵禁结束了，里果对她解释说必须离开公寓，因为大楼马上要出售了。它属于一个躲避到国外的犹太人，要把他的全部资产处于保护之下。但是他另外找到一座公寓，就在凡塞纳动物园的旁边，如果她愿意，他可以带她到那边去。

*

一天晚上，在阿麦耶街的餐馆里，他们和那个穿浅灰色外套眼睛有斑点的金发男子一起用晚餐。英格丽特本能地感受到对他的反感和不信任。然而他和蔼可亲的问起她关于她自称是舞蹈家的那个沙特莱的情况。他对里果以你相称。他们从孩子开始就在帕西寄宿学校的小班里，如果里果不是用干巴巴的语气跟他说话，他想用很长时间回忆他们这段时间的生活：

“别再说了……那都是些不好的记忆……”

金发男子借助黑市手腕赚了不少钱。他和一个俄国人开始联络，这个俄国人把自己的办公室安置在奥仕街一家特别的旅馆里，还有一批批的“相关”人物，他都要介绍给里果。

“不必了，”里果说，“我准备离开巴黎……”

谈话又回到了公寓。金发男子想要在里果走以前买下所有家具和油画。他把这些事和他的“关系户”里的几个人说了，他们会成为中间人。他自吹是旧家具的爱好者。他一副玩世不恭的样子，并用假装突出的语调指出他有一位祖先是帝国元帅。里果只是称呼他为帕士科。当他向英格丽特微微低头做自我介绍时说，自己叫菲利普·德·帕士科。

*

第二天下午，有人按响了公寓门铃。一个穿皮里上衣的小个子年轻人称自己是从帕士科那里来的，还带来一辆卡车和搬运工。他被允许打开栅栏把卡车停在院子里，如果没有人发觉不便的话。当搬家工开始集中家具时，英格丽特和里果躲在客厅另一头的冬季花园里。可是没过多一会儿，他们还是想走出来。台阶前面停着一辆带篷布的卡车。

他们沿微微下坡的瓦格拉姆大街走着。人行道上已见融雪，一道苍白的阳光从云层后面透露出来。里果向她解释说，帕士科今晚应该给他带来卖掉家具的钱，他们可以马上在新公寓安身了。她问他离开这个地方是否伤感。不。他一点遗憾都没有，甚至为不待在这里松了一口气。

他们抵达了昏暗广场。她突然感到一阵眩晕：似乎在继续直奔蒙马特，通过那天晚上离开宵禁区走过的那条路的相反方向的一条路返回奥尔纳诺大街的旅店。她坐在一条长凳上。再一次被神经质的哆嗦所控制。

“你怎么了？”

“没什么。会过去的。”

他们走了半圈。他扶住她的肩头，渐渐地，她感觉心情平静下来，可以和他一起上瓦格拉姆大街朝星形广场方向走了。

*

大楼的台阶前面的一辆卡车旁边现在又多了一辆带篷车。他们有好几个人在搬运路易十五办公室的东西，一张靠墙的桌子和一个枝形吊灯。穿皮里外套的小个子年轻人监督着来来去去的搬运工。

“你们还需要很长时间吗？”里果问道。

他支支吾吾地回答道：

“不……不……快结束了……这些东西不会拉到很远……就在奥仕街……”

那大概就是帕士科暗示过的特别旅店，俄国人在那里设立了“办公室”。

“那里有货……”

他两腿交叉，身体摇晃着，从高处望着他们。

在图书室里，只剩书架上的书了。他们甚至搬走了窗帘。大客厅里没有任何家具了，枝形吊灯被取了下来，他们最后卷裹了地摊。只有油画还待在它们的位置上。他们两人被封闭在客厅旁边的小客厅里，他们忘记搬走那里的沙发床。

*

接近晚上七点钟，帕士科出现了，同来的是一个五十岁的男人，胖脸，银色头发，身着毛皮大衣。他把这个号称W侯爵的人介绍给他们。对油画感兴趣的就是他。他想看看油画，从中选几幅，也许可能全部买走。穿皮里外套的小个子年轻人过来找他，似乎十分了解这位自称W侯爵的人，因为他拖长声音对他说：

“您来看看货色吗？”

在客厅里，W侯爵没有脱掉毛皮大衣，一幅幅仔细查看那些油画。皮里外套小个子年轻人站在他身后，过了一会儿，他说：

“摘下来吗？”

W侯爵肯定地点点头，他摘下油画，放在墙根。在仔细查看期间，所有的油画都被摘了下来。里果和英格丽特远远看着。W侯爵转身对帕士科说：

“您的朋友一直同意我们定的价吗？”

“始终同意。”

里果不得不走到他们跟前，W侯爵对他说：

“我买走所有的画。我很想买家具，但是我不需要。”

“我们已经找到一个买家了。”帕士科说。

里果不知不觉离开了他们。英格丽特待在客厅边上，紧挨着门口。他走近她。他看着那边空房子中间的三个男人。一个穿着和他的贵族名称一样新鲜的毛皮大衣，帕士科穿着衣领放下的雨衣，最年轻的那个穿着皮里外套。他们貌似完成了工作的窃贼，无所畏惧，竟然停留在他们的犯案现场。灯光从一个没有罩子的灯泡露出，连在一根悬挂在枝形灯架位置的电线上。

*

W 侯爵和穿皮里外套的年轻小个子先走出了公寓，开始走下楼梯。帕士科递给里果一个纸板鞋盒：

“嗨……你核对一下这里的总数……你们陪我们出去吗？”

里果手里拿着鞋盒子走在楼梯上，让英格丽特走前面。他们一起聚集在大楼的台阶上。天黑了，下起了细细的小雪。那辆大型带篷卡车震动起来，勉强走上提尔西提街。另一部卡车随后跟上。

“我们也许可以一起吃个晚饭。”帕士科建议。

里果点头同意。英格丽特离开了一段距离。

“我请你们。”W侯爵说。

“我们要不要去那天晚上的那家餐馆?”帕士科说。

“在哪儿?”W侯爵问。

“在阿麦耶街。摩瓦特里家。”

“好主意。”W侯爵说，然后转向里果:

“家具好像属于有争议财产的保管物，我们可以买。我希望您给我提供有关情报。”

穿皮里外套的小个子年轻人站在W侯爵身边，俨然像一个贴身护卫。现在飘起了鹅毛大雪。

“一个小时后在摩瓦特里家碰头，”里果说，“我必须最后到上面查看一下。”

他走到台阶上的英格丽特身边。两个人看着他们穿过院子走过栏杆。司机师傅打了个手势，皮里外套小个子年轻人打开停在那里的黑色闭式汽车车身的一扇门。

W侯爵和帕士科上了这辆车。雪越下越大，汽车在提尔西提街的转弯处消失了。

*

里果带了一个旅行袋到客厅。在悬挂屋顶的灯泡不调和的灯光下，他放进几件粗毛线衣，一条裤子和帕士科给他的那个塞满银行票据的鞋盒子。英格丽特只有穿在身上的衣服。他关上旅行袋。

“一定要去和他们一起吃晚饭吗？”英格丽特问道。

“不……不……我不相信他们……”

她松了一口气。他看到那些人也感觉很不舒服。

“我们马上到另一所公寓去……”

离开客厅以后，他没有关灯。在关闭公寓的进口大门时，他对站在楼梯平台上的英格丽特说道：

“等我一下……”

他很快拿了一副滑雪板和那双大鞋过来，大鞋放进了旅行袋。

“这都是回忆……”

在楼梯上，他们每人提着一个旅行袋把手。里果把那双滑雪板扛在了肩头。

*

雪一直在下。人行道上又铺了一层雪，在黑暗中闪闪发光。广场空无一人，他们在雪中踏行，雪埋到了脚踝。凯旋门的轮廓在月光下清晰可辨。

“你没有滑雪板真遗憾，”里果说，“我们可以滑雪到那边……”

他们下了地铁站的台阶。车厢里的人比那天晚上沙特莱和巴尔贝–罗什舒瓦尔站之间的人要少。英格丽特坐在靠门边的长凳上，保管放在膝头上的旅行袋。里果因为拿着那双滑雪板站在那里。其他乘客们都好奇地望着他。他后来不再注意不断停下来的站名了：马尔伯夫、协和广场、王宫、卢浮宫……他抓着滑雪板靠在肩膀上，想象着和去年一样的情景，似乎又回到了把他带到罗什布鲁纳山的高架索道。

*

列车停在了民族广场。没有往更远的地方走。里果和英格丽特错过了本该换乘到多雷门的巴士底狱站。

他们走出地铁站口，来到一片雪地。无论是他还是她都不认识这个区域。也许会有一条可以借助的街道能更快抵达苏尔特大道 20 号？他们决定走最可靠的路：凡塞纳林荫道。

他们擦过房屋正面，那里的积雪没有那么深。里果把滑雪板扛在肩上，左手则拎着旅行袋。英格丽特把手插在大衣口袋里，因为她感觉很冷。

他们看见沿人行道边有一辆黑马牵引的雪橇。寂静、满月和荧光闪烁的大雪引起幻觉。雪橇缓缓前行，简直就是柩车行驶的速度。里果把滑雪板放在地上，跑过去叫住赶马人。驾橇人喝停住马。

他答应将他们拉到苏尔特大道20号。往常，他都赶出租马车，但是半个月以来，巴黎被大雪包裹，他就利用了在圣-芒德他家旁边车库里发现的这个雪橇。他身穿一件大号皮里外套，头戴一顶渔夫帽。

他们沿着凡塞纳林荫道滑行。里果的滑雪板被固定在雪橇后部。马车夫手臂动作生硬，当马怠步前行时，就挥鞭抽打。可是他们接近凡塞纳门的时候，马加快了小跑的速度。他们已经不知道自己在哪座城市，穿过了哪片田野。雪橇抄小路来到苏尔特大道。这简直就是荒僻的山村，像做晚间弥撒时那么寂静。英格丽特蜷缩在里果的肩胛窝里。

午前我离开了饭店房间，还是没有收到阿奈特的任何消息，我回到了公寓，把黄色钥匙塞进锁孔，费好大劲才打开门。

我在最里面的房间里撞到看门人，房间的两张床上都有了床单。

“不用麻烦了，”我对他说，“我自己会弄。”

他立起身子。

“这不是什么大事，先生。您还是不打算住下来？”

他用责备的神情看着我。

“下午我想用吸尘器拖一拖。这里的灰尘太多了……”

“您发现了？”

“是的，很多很多。”

这些灰尘是在英格丽特和里果离开后堆积起来的，我试图计算年头。

“我把留在壁橱里的这副滑雪板和旧鞋子清理掉……”

“不。就让它们待在原位吧。”

他对我的决定表示惊异。

“想想看，里果先生回来，见不到他的滑雪板了……”

他耸耸肩。

“他不会再回来了。”

我帮他把床单沿床边拉好。我们要把两张挨紧的床拉开一定距离。

“下星期一他们会把电话线联通，”他对我说，“下午就通电了。”

看来一切都很完美，我会给阿奈特打电话，告诉她到这里来找我。我们两个人同住在这所公寓里。开始她会吃惊，结果她会明白。就像我们认识时她都是以很明事理告终的。

*

我们走出苏尔特大道，径直走到加油站。穿工装裤的卡比尔人和我握握手。

“我轮到你看守了。”他对看门人说。

“您能不能稍微陪陪我？”看门人问我。

“很乐意。”

我们坐到加油泵旁边的椅子上，待在阳光下。阳光不像前几天那么刺人了，但是有温热和橘色的亮光包裹着我们。

“秋天已经来了。”看门人说道。他给我指了指大树底下围绕树干的铁栅栏上的几片枯叶。

“我应该想到检查一下您公寓的散热片。要不您今年冬天的暖气就不会好了。”

“我们有时间。”我说道。

“不见得……时间过得很快……九月份开始，白天就短了……”

“今冬我不知自己是否还在那里。”

是的，突然，冬季留在这个街区的前景让我心寒。夏季你是一个和别人一样的旅游者待在一座也在度假的城市里。没有任何约束。但是冬季……阿奈特能接受和我在多雷门共享生活的思想对我来说一点儿都不舒服。上帝啊，我到哪里，又如何度过我的冬季啊。

“您有什么事要忙吗？”看门人问我。

“没有。”

他从椅子上站起来。

“我去买点东西准备晚饭。您能不能就待在这儿？如果一直没有人要加油，您能开动油泵吗？”

“这应该不难解决吧。”我对他说。

*

一辆海蓝色英国老式汽车停在对面人行道边加油站的旁边有几个时辰了。我觉得自己认出这是阿奈特的车。是的，这确实是阿奈特的车。但是我看不清楚驾驶员的脸。

车子在荒凉的林荫道上转了半圈，过来停在了加油站面前。本·斯密达纳。他从放低的车窗探出头。

“让……我花了好长时间找你……我观察了你十多分钟肯定是你……”

他做出一个强装的微笑。

“加满吗？”我问他。

甚至没有给他回答的时间，我就摘下油泵管子开始给油箱加油。

“这么说你找到一份新职业？”

他的口气是开玩笑，但是并没有能掩饰他的不安。

他走出车子站在我面前。

“我代表阿奈特来找你……你应该对她有所行动，让……”

我慢慢重新挂上油泵管。

“她很担心你。”

“她完全错了。”

“她不愿意给你打电话，因为她害怕……”

“害怕什么？”

我机械地动作起来，拿在加油泵上找到的一块抹布擦拭着挡风玻璃窗。

“她担心把她拖进没完没了的冒险当中……这是她的原话……她不愿意到这里来找你……她对我说她不再是二十岁的年纪了……”

那边的人行道上，看门人慢慢朝我们走来，手里拎着购物袋。我向他介绍了本·斯密达纳。然后他坐到方向盘前，招手让我坐到他旁边。他发动了车子。满车都漂浮着阿奈特的香水味。

“现在把你带去找阿奈特是再简单不过的了。”

我们朝多雷门慢悠悠地行驶着。

“不要马上去，”我对他说，“我还要在这儿待几天。”

“为什么？”

“有时间结束我的回忆。”

“你在写自己的回忆录吗?”

我看得出他不相信我。然而我说出了实情。

“不真是回忆录,”我对他说,“但几乎就是。”

我们来到喷泉广场,沿着老殖民地博物馆前行。

“好长时间了,我搜集了很多笔记,现在我尝试写一本书。”

“可是你为什么不能在维隆区自己家和阿奈特一起写呢?”

“我需要一定的氛围……”

然而我并不想给他解释。

“听着,让……我明天出发去印度洋……在那儿待几个月……我不可能再充当你和阿奈特之间的调停人了……如果你最终切断了桥梁,真是十分遗憾……”

“你运气好,还在可以出去走走的年龄……”

我已经避免做这样的事情了。我也可能会喜欢去一个地方,在城市周边转转,就像某些人无法找到安全出口一样。我经常做这样的梦:我在浮桥上准备出发,脚上穿着滑水翘,我抓着皮带,等待摩托艇启动,全速把我带到水面上,但是它却启动不了。

他把我放到旅店门口。

“让，你让我尽快给她打个电话好吗？”

“等公寓的电话线恢复正常以后吧。”

他不大明白我的回答。

“你呢，”我对他说，“祝你在印度洋寻宝碰到好运气。”

*

我在房间里再一次查阅了我的记录。战前的那个夏天，有时还是在侵占时期的第一年，英格丽特走出汝尔-费里中学，会乘地铁直奔欧特伊教堂，再来汝甘医生的诊所找父亲。

他总是在晚上七点半左右离开诊所。她在一片房屋的拐角处等他。她再走到街上，看到他在诊所门前向她挥手臂。

他们两个穿过这个寂静的像是乡间的街区，听到了圣-佩丽娜还是欧特伊圣母院的钟声。他们去一家餐馆用晚餐，一天晚上，我在那附近散步，跟随泰森医生和他女儿的足迹时，没有发现那家餐馆。

我沉浸在一段剪报上，那上面提到那个冬天英格丽特碰到过里果。这是我最后一次见到英格丽特时她给我的。晚饭期间，她开始跟我说起那个时期，从她的包里拿出一个鳄鱼皮钱夹，从里面抽出那张小心翼翼折叠好的简报，这么多年来她一直随身保存着。我记得她就是在那一刻自杀的，她眼神流露出怪怪的表情，就像想转交给我一个压在她身上很久的沉重负担，猜到我不久以后，会去找她似的。

这是在其他广告，求职和聘用函件、房产和商业交易里夹杂的一篇加边框的小文：

"寻找一名少女英格丽特·泰森，十六岁，身高一米六，鹅卵形脸，灰色眼睛，棕色运动外套，浅蓝色套衫，米色裙子和帽子，黑色运动鞋。请将所有相关迹象提供给泰森先生，住址：巴黎奥尔纳诺大街 39 号乙。"

*

当英格丽特在一个下午决定回到十八区和父亲对话，向他宣布一有可能她就想和里果结婚的消息时，她和里果正住在苏尔特大道。

她从不看报。她并不知道寻人启事已经在几个星期之前就登在一张晚报上了。她刚刚才从旅店老板那里知道。

雪化了，空气如此柔和，出门都可以不穿大衣了。但是等春季到来还要一个月时间。

她想走一走，沿着大街一直走到巴尔贝-罗什舒瓦尔街，到那里时已经快下午五点钟了。这一次没有宵禁。

在旅馆前面，英格丽特走了百步远，一边努力寻找她要对父亲解释的话语，好为自己的临时出走做出辩护。然而她头脑里想说的话陷入混乱。她在那一片房屋周围转了几遭，也许这会儿他不在自己的房间里。要是他还在欧特伊诊所工作，会回来吃晚饭的。她会在自己的房间里等他。她更希望这样。

她走进咖啡馆。旅店老板白天都站在柜台后面。她问他要 3 号和 5 号房间的钥匙。他没法给她钥匙。3 号和 5 号房间住着别的顾客。

他对她解释说，警察在十二月中旬的一天早上很早就上楼到父亲的房间里找他，把他带到了不知什么地方。

*

我睡在两张床中的一张上，房间的窗户对着苏尔特大道大大敞开着。夜色降临。电话铃声响了。我瞬间感觉是阿奈特打来的，可是她怎么有这个电话号码？我摘下听筒。一个金属声响告诉我电话通了。于是我拨通了我们在维隆区的电话。两个铃声响完，我听到了阿奈特的声音：

“喂？……喂？……”

我保持沉默。

“喂？……是你吗，让？”

我重新挂上话机。

我到外面，朝加油站走去。我的脑袋里回荡着电话铃声，这个铃声自从英格丽特和里果离开以后，肯定没有在那个公寓里响起过。

看门人和穿蓝工装裤的卡比尔人坐在加油泵前面的椅子上，我和他们握握手。

“我给您找到一辆自行车。”卡比尔人说。

他给我指了指靠在加油站门面的一辆大型的没有跑车把手的红色自行车。

“很难找到这辆车，”看门人说，“因为把手问题。”

“谢谢您，”我对他说，“我更喜欢普通把柄，用不着俯下身子。这样，我可以看风景。”

“您不会回来太晚吧？”看门人问我。

“近午夜吧。”

然而我无法预计那时候的我思想状态如何。我说不定想在维隆区兜上一圈，与阿奈特重逢，而且——谁知道呢——在我们家里待下来。

*

温暖的和风——几乎是非洲热风——徐徐吹来，它从树枝上吹下了几片枯叶，在空气中回旋。这是秋季的第一个征兆。我骑在这辆车上感觉很自在。我担心上不去摩尔提耶街的斜坡。然而，这简直是举世无双的事。我甚至再也不用踩踏板了。一股神秘的推力带动着我。一辆汽车都没有。一片寂静。即便路灯间隔过远，我也因为满月的关系，看得很清楚。

我没有想到路途如此短。我迟疑是否离开多雷门，像去蒙古旅行之前那样，到布特-索蒙附近的菲艾福旅店去……布特-索蒙就在附近，如果我乐意，就可以在几分钟之内抵达阿特拉斯街 19 号，英格丽特幼年时和父亲居住过的地方。已经到小教堂火车站了，我在黑暗中猜到底下就是铁路和机车棚。再沿着一堆堆沉睡的房屋骑上几百米，就到了克里尼昂库尔门。我有很多年没有到这个街区来过了，以至于今晚，当我重新回到这里的时候，我明白了为什么只要让我自由自在骑着自行车在路上，足矣：因为我在追溯时光。

我骑上了奥尔纳诺大道，在不远处的十字路口刹住车。我把自行车靠在药店门口。什么东西都无法打破宁静。只有排水沟的水在喷泉的潺潺流水声中流淌。六十年代初的那个冬季，巴黎特别寒冷，我们就住在锦标赛街的一家旅馆，旅馆的名字我已经忘记了。在这条街上再走上几步，我就面对它的门面了，但是我宁愿一直走下去。那年冬季的一月，阿奈特收到时装店的肯定回答，她必须在一天下午到那里去面试。

前一天是星期天。已经下雪了。我们在街区散步。这样，我们当中的一个人就要开始工作了：我们成人了。我们走进克里尼昂库尔门的一家咖啡馆。我们在最里面的两条软垫长凳中间选择了一张桌子，在紧贴墙壁的位置上放了一个电唱机。晚上我们喜欢去奥尔纳诺街 43 号的电影院，然而最好是早点儿睡觉，以保证她第二天精神饱满。

现在我已经来到这座电影院面前，电影院被改造成了商铺。街的另一面，英格丽特和父亲住过的旅店不再是旅店，而是和别家没有什么区别的楼房。她跟我提起过的一楼的咖啡馆已经不复存在。一天晚上，她也回到过这个街区，第一次体验到一种空虚的感受。

情景没有什么意义。空虚和内疚的感受在某一天淹没了你。然后像是潮汐，退却并消失了。可是这样的感受最终又猛力回潮，她无从挣脱这股力量。我也无法摆脱。